ARCHAMBAUD

ET

ROGER.

DE L'IMPRIMERIE DE POULET,

QUAI DES AUGUSTINS, N°. 9.

ARCHAMBAUD

ET

ROGER,

.ou

LE SIÉGE DE METZ;

Par Mme. BARTHÉLEMY-HADOT,

Auteur de la *Tour du Louvre*, des *Héritiers des Ducs de Bouillon*, etc., etc.

TOME Ier.

A PARIS,

Chez Béchet, Libraire, quai des Augustins, n°. 5₇.

1818.

ARCHAMBAUD

ET

ROGER.

~~~~~~

CHAPITRE PREMIER.

———

Eh ! courez donc plus vîte, Bertrude ; vous n'arriverez jamais assez
promptement pour voir votre cher
Théobald, pour lui faire vos adieux
et recevoir les siens ; il va bientôt
partir....

Eh bien s'il est ainsi, pourquoi
me retenir par la main ? — C'est un
joli garçon que l'écuyer du seigneur
Archambaud ; il a tant d'esprit, de

I.   I

grâces , d'amabilité !... — Vous avez
raison , seigneur Robert , reprit
vivement Bertrude : j'aime à voir le
confident intime du sir Angilbert ,
faire l'éloge... — De son rival ? Vous
conviendrez que je suis généreux.
— Je connais vos sentimens , et je
juge de leur sincérité. — Toujours
ironique. — Non , mais toujours
vraie ; et je veux bien encore vous
répéter, pour la dernière fois , que
toutes vos tentatives pour me plaire
sont aussi inutiles que celles de votre
maître pour obtenir la main de la
charmante Berthilie. Jamais la fille
de l'illustre Archambaud ne sera
l'épouse du perfide Angilbert, d'un
Français qui n'a pas craint de se
déshonorer en trahissant Charles
1er., lors de la conquête de l'Aquitaine.

En prononçant ce peu de mots, Bertrude quitta Robert, et se rendit sur la terrasse du château. Là, son œil inquiet chercha dans la foule des guerriers qui étaient réunis sur la place, si elle pourrait apercevoir son cher Théobald. Il devait partir avec les troupes qui se rendaient à Salzbourg, dans la Haute-Bavière, où était situé le château qu'habitait assez souvent le monarque français. Ce lieu était celui de sa naissance, et presque toujours c'était là qu'il se délassait des fatigues de la guerre, et qu'il formait ses vastes projets pour le bonheur et la gloire de sa patrie, qu'il voulait rendre heureuse et florissante.

Le comte Archambaud, ministre et favori du roi, avait employé une

grande partie de sa fortune à former
un corps de troupes de près de trois
mille hommes , armés et équipés à
ses frais. Il devait les conduire en
Bavière , et les présenter à son souverain ; mais une subite indisposition l'empêcha d'exécuter lui-même
son projet. Ce fut le jeune Roger ,
son fils adoptif, qui eut l'avantage
d'être chargé de cet honorable emploi.

Il partit , et Berthilie connut la
douleur pour la première fois. Jamais son frère chéri n'avait quitté
le château de Noyon. Cet intéressant jeune homme était la consolation du comte , qui avait perdu une
épouse tendrement aimée.Personne
ne savait le nom des parens de Roger ; on lui avait donné une éducation brillante ; il annonçait devoir

être d'une valeur intrépide ; et lorsque le noble Archambaud le fit ar-
mer chevalier en présence des seigneurs français, il lui dit : Au nom
de Dieu, je te fais chevalier. Tu
n'as point de famille, je te regarde
comme faisant partie de la mienne.
Je réponds de toi au Tout-Puissant
et aux hommes, dont, je l'espère,
tu feras un jour l'admiration.

Roger fut fidèle au serment qu'il
avait prêté. Il mérita la confiance
entière du comte Archambaud, et
celle du monarque français, à qui il
était bien cher.

Tandis qu'à la tête d'une grande
quantité de braves il se rend à Salzbourg, Berthilie prodigue à son
père tous les soins de la piété filiale.
Elle est secondée, dans cette honorable occupation par l'aimable

Bertrude, qui n'est point du nombre de ces femmes mercenaires
qui vendent leur attachement. Elle
restait au château du comte autant
par amitié que par reconnaissance.
Elle était d'ailleurs devenue nécessaire à la félicité de la fille du comte.
Cette aimable enfant n'avait plus de
mère, et Bertrude était sa seule con-
fidente. Le noble comte ne fut pas
long-tems malade. Au bout de 15
jours, il se disposa à aller rejoindre
le roi, qui souffrait de son absence.

La mort de Carloman (1), qui sui-

_____

(1) Carloman, fils de Pépin-le-Bref,
fut roi d'Austrasie et d'une partie de l'A-
quitaine. Plusieurs écrivains de son siècle
louent beaucoup l'amitié de Charles Ier.
pour son frère; mais la conduite qu'il tint
à l'égard de la veuve de ce jeune Prince, ne

vit de près la conquête de l'Aquitaine, rendit son frère maître absolu de toute la France, et dès-lors il se décida à faire de nouvelles tentatives pour augmenter sa puissance, et la rendre redoutable.

Pour exécuter ses vastes projets, il sentait toute l'importance que devait lui donner un bon ministère. Il sut le composer d'hommes dignes de lui.... Le sage Archambaud, le vaillant Godefroi, et le preux Richard, étaient les personnes recommandables qui présidaient à son conseil; mais le premier surtout

---

semble point prouver qu'ils aient eu raison. Elle fut dépouillée de tous ses biens et obligée de fuir. Elle alla chercher un asyle dans les états du duc Tassillon avec ses enfans.

possédait toute sa confiance , et
l'on doit dire qu'il la méritait entièrement.

Le noble Archambaud prévoyant
qu'un ministre guerrier peut être
exposé à de grands dangers, voulut
assurer les destinées de sa fille et
celles du jeune Roger, dont il se regardait comme le père. Il se flattait
d'avoir réussi, en choisissant pour
gouverneur ou tuteur de ses enfans,
le sénéchal Raymond, qu'il croyait
aussi digne de son amitié que de son
estime. Mais, hélas ! quelle fut son
erreur ! La plus horrible hypocrisie
de la part d'un homme qu'il hono-
rait du titre de son ami , faillit causer la perte de toute cette vertueuse
famille. Mais n'anticipons point.

Le comte , issu d'une des premières familles de l'Isle-de-France,

avait reçu l'éducation la plus dis-
tinguée. La mort lui avait ravi son
père tandis qu'il était en bas-âge.
Nantilde sa mère, femme d'un mérite distingué, et douée surtout d'un
noble caractère, possédait toutes
les grâces de son sexe, et toute la
valeur et le courage qui distinguent
les hommes. Elle voulut que son
fils, seul gage de l'amour le plus
tendre, fût digne de l'époux dont
elle déplorait la perte, et qui s'était
illustré dans les armées de Pépin,
lorsque celui-ci força les Saxons
à retourner dàns leur pays, après
avoir éprouvé, près de Narbonne,
des pertes considérables.

La mort du comte Archambaud,
qui fut frappé d'un coup de cime-
tère destiné au roi, laissait sa veuve,
à peine âgée de vingt-cinq ans, maî-

tresse absolue de sa foi; mais, fidèle
à ses premiers sermens, elle refusa
tous les hommages qui lui furent
offerts par les principaux seigneurs
de la cour de France. Le roi la combla de présens, et lui abandonna
plusieurs fiefs, dont il la pria de former l'apanage de son fils.

Dès que celui-ci eut atteint sa
quinzième année, sa mère se rendit
à l'armée avec lui : elle voulut elle-
même diriger les premiers essais
de son fils dans la noble carrière où
son père avait trouvé et la gloire et
la mort.

Le matin du jour où elle devait
quitter ses domaines, en conduisant
à son souverain l'élite de ses vassaux, elle s'adressa à son fils, qui
brûlait du désir de s'illustrer, et lui
dit, avec une touchante énergie :

Archambaud, digne fils du plus tendre des époux, après avoir pleuré celui dont tu tiens l'existence, et jeté des fleurs sur la tombe élevée à la mémoire de ce vaillant guerrier, il te reste encore des devoirs à remplir. Ils consistent à servir ton prince, à venger la mort de ton père. Jusqu'à ce moment tu ne m'as donné que des preuves d'amour filial, il faut que tu m'en donnes de courage et même d'intrépidité. Je ne te quitterai point, mon cher Archambaud; ta mère te précédera dans la brillante carrière que tu dois parcourir.

Si je n'avais pas perdu ton noble père, je me serais renfermée dans les devoirs qui sont l'apanage des femmes; j'aurais employé toute mon existence à faire bénir le nom de mon époux, en veillant au bonheur de ses vassaux ; mais aujourd'hui, que le plus puissant intérêt me contraint à les quitter, je remets leur sort entre les mains d'un homme vertueux, qui saura remplir toutes mes intentions.

Eh quoi ! ma mère, répond Archambaud, vous voulez exposer vos jours, afin de m'accompagner à l'armée ! Ah, grand Dieu ! votre présence chérie, les dangers qu'il vous faudra courir, glaceront mon courage. Je tremblerai, en songeant qu'une main barbare pourra peut-être vous frapper sous mes yeux. — Je n'ai plus que toi dans la nature, et tous mes instans te seront désormais consacrés.

En prononçant ces mots, la comtesse prit l'épée de son époux, et la lui présenta.

- Tu vois, lui dit-elle, cette arme
que ton père rougit plus d'une fois
du sang des ennemis de son roi! je
te la donne, pour qu'elle serve à
faire trembler quiconque oserait
outrager sa personne auguste; mais
avant de quitter ces lieux, entends
les ordres de ta mère, et promets-
moi de t'y conformer.

La courageuse Nantilde fit connaître à son fils qu'elle ne voulait
point que l'on sût qui elle était.
Songe bien, lui dit-elle, que je ne
suis plus que ton gouverneur. J'en
aurai toute la prudence, et je suis
convaincue que mon cher Archambaud me récompensera, par sa par-
faite soumission, du sacrifice que
je fais en quittant momentanément
le doux nom de sa mère.

Le jeune nourrisson de Mars promit ce que la comtesse exigea, et l'on ne s'occupa plus que du prochain départ, qui devait mettre le comble à tous ses vœux.

La guerre que Pépin soutint contre les Saxons et les Sarrasins, avait eu le plus heureux succès; et le Languedoc, ainsi que toute la Loire, étaient parfaitement libres; mais le prince avait encore un ennemi puissant, et cet ennemi était son frère.

Funeste ambition...! ton pouvoir affreux détruit celui de la nature; et l'appas d'un trône rend capable de tous les crimes.

Lorsque Pépin obtint la puissance suprême, il ne voulut point être seul heureux. Il donna à Griffon son frère un apanage composé de douze comtés, situés dans l'intérieur de la France. Bientôt celui-ci voulut s'emparer des possessions de son frère, et leva une armée qui devait donner de vives inquiétudes au roi de France. Il entraîna dans son parti le duc de Bavière, passa dans l'Aquitaine, à la cour de Gaifre, qu'il savait mal intentionné pour Pépin, tourna ensuite du côté de l'Italie, où les Français avaient plus de vingt mille hommes, et y soutint plusieurs combats. Il fut d'abord heureux, et les soldats de Pépin commençaient à craindre d'être obligés d'abandonner la vallée de la Maurienne, dans laquelle ils étaient campés, lorsque Pépin, averti du danger, accourut avec des forces capables d'imposer à un frère qui s'était flatté de le détrôner, et triompha dans un combat où périt Griffon.

Il n'y avait encore que huit jours que Pépin était près des troupes qu'il voulait mener à la victoire, lorsque Nantilde et son fils arrivèrent.

Toute la gloire que cette tendre mère espérait obtenir, en voyant Archambaud s'illustrer, s'évanouit avec une effrayante rapidité. Elle tomba dangereusement malade, et fut conduite à la ville de Saint-Jean, peu distante du Mont-Cénis, où elle termina sa carrière, après avoir confié son fils au monarque pour l'amour de qui elle eût donné sa vie.

Au moment d'expirer à la fleur de l'âge, puisqu'elle n'avait encore que trente ans, la tendresse maternelle sembla ranimer ses esprits. Elle conjura son médecin de porter lui-même ses adieux au roi, et de le supplier d'adopter son fils.

Pépin, dont la bonté égalait la valeur, se rendit à la ville de Saint-Jean, et reçut Archambaud comme un dépôt précieux, qu'il jura de conserver.

Ce fut des bras défaillans de la tendre et courageuse Nantilde que ce jeune orphelin passa dans ceux de son souverain.

A cette époque, Charles venait d'atteindre sa seizième année, et Carloman ne comptait encore que douze printemps. Le roi résolut de faire conduire Archambaud dans le château que ses deux fils habitaient avec la reine Berthe leur mère, qui, dans cet instant, ne suivait point le monar-

que (1), et s'occupait avantageuse-
ment des intérêts de ses peuples.

Archambaud, après avoir rendu
les derniers devoirs à sa mère, fut
conduit à Noyon, où se trouvait la
cour en ce moment.

Ce jeune orphelin, que son nom
et ses malheurs rendaient recom-

---

(1) Berthe au Grand-Pied. Elle était
ainsi nommée parce qu'elle en avait un
beaucoup plus grand que l'autre. Elle était
fille du comte de Laon. Les historiens van-
tent son caractère doux et affable. Elle suivait souvent son mari à l'armée, et plus
d'une fois elle lui a sauvé la vie. Pépin,
qui lui connaissait un grand mérite, la
consultait pour les affaires d'administration.

Berthe unissait à l'esprit le talent de bien
tenir sa cour, où elle attirait les grands
et les attachait par-là au souverain.

mandable, fut reçu par la reine avec
ce touchant intérêt qui sait se con-
cilier la reconnaissance et l'amitié.
Elle fit appeler ses deux fils ; et,
prenant celui de l'infortunée Nantilde par la main, elle le leur présenta comme un don de leur père.
C'est, dit Berthe, le fils d'un seigneur mort depuis six années, pour
assurer la gloire des armées du roi,
votre auguste père ; ainsi je lui dois
ma protection, comme sujet de mon
époux, ma reconnaissance, parce
qu'il est fils d'un brave, et mon
amitié, ma douce compassion, parce
qu'il est malheureux.

Le jeune Charles, dont l'ame
était sensible et généreuse, fut vivement ému, et n'attendant point
que l'aimable orphelin vînt se jeter
dans ses bras, il alla se précipiter

dans les siens, et, avec ce ton qui dénotait si bien ce qui se passait dans son cœur, il dit : Le roi mon père ne cesse de me combler de ses dons. Leur magnificence se ressent toujours de la majesté du trône; mais jamais il ne m'a fait un présent qui pût égaler celui-ci.

Cher Archambaud, ajouta-t-il, mon père te donne à moi ; je ferai ton bonheur; tu seras mon frère, mon ami, et je jure de t'aimer comme me venant d'un dieu qui me protège.

Ce religieux enthousiasme n'était point partagé par Carloman, qui, debout devant une table, la tête couverte, et sans paraître faire la moindre attention à la scène qui se passait, s'amusait à tourmenter des oiseaux qui étaient dans une cage, et les excitait à se battre.

Charles fut sensible à l'indifférence de son frère. Il alla près de la table, et lui dit : Eh quoi! mon ami, tu n'as donc point entendu ce que la reine notre mère est venue nous annoncer? Tu n'as point remarqué sans doute qu'elle avait laissé le seigneur Archambaud dans cette salle. Regarde, il est assis sur ce canapé, et semble vivement affligé de ce ton de froideur, je n'ose pas dire d'impolitesse, que tu viens d'avoir envers lui. La reine a paru fâchée de la manière dont tu viens de te conduire.

Eh quoi! reprit Carloman avec une hauteur insultante pour celui qui en était l'objet, ne fallait-il pas que je me précipitasse dans les bras de ce nouveau venu? C'est un des sujets du roi mon père; il deviendra le nôtre, et tu prétendrais que je m'abaissasse....?

Arrête, Carloman, respecte la douleur de ce jeune orphelin. Songe bien que son père est mort du coup qui devait enlever Pépin à la France; que la belle et vertueuse Nantilde, en mourant, l'a confié au monarque pour qui elle se dévouait. Voilà des titres à ton amitié, à ta reconnaissance.

Laisse-là ta morale, lui répond Carloman tout en excitant encore ses oiseaux à se battre, et viens considérer comme, dans mon royaume, tout est en mouvement. Tu vois ces deux frères, eh bien, il faut que l'un ou l'autre abandonne la partie ; ils ne pourront jamais vivre ensemble. En prononçant ces mots avec une maligne intention, il ouvrit la cage ; un

des oiseaux s'échappa. — Eh bien,
tu vois, Charles, celui-ci reste
maître. — Oui, lui répond son frère,
c'est un roi sans sujets. En achevant
ces mots, il retourna près d'Archambaud, qui, abîmé dans sa juste douleur, ne s'était pas même aperçu
de ce qui venait de se passer entre
Charles et Carloman.

Depuis ce jour, le fils de la noble Nantilde fut traité dans le palais du roi comme s'il eût été de sa
famille. La reine lui fit prodiguer les
mêmes soins qu'à ses fils, et souvent,
lorsqu'elle n'était point obligée de
présider sa cour, elle faisait venir
les trois jeunes gens près d'elle,
pour les interroger et les instruire.

Ses leçons produisirent le meilleur effet. Carloman seul montrait
un caractère rebelle et jaloux. Son

ambition même inquiétait déjà la reine, et peu s'en fallut qu'elle ne l'éloignât entièrement de la cour, où il commençait à se former un parti qui pouvait, par la suite, devenir dangereux.

Le temps, de sages réflexions que lui fit faire Archambaud, le déterminèrent à changer de conduite. Si ce ne fut point par attachement pour sa famille, ce fut par une adroite politique qu'il parvint à son but; c'est-à-dire, à décider le roi son père à partager ses possessions entre Charles et lui. Au moment où ce monarque justement aimé se vit sur le point de mourir, il suivit les conseils de Carloman et régla son apanage.

Charles, qui s'annonçait par les plus brillantes qualités, promettait à la France un héros digne de la gouverner un jour ; et si Pépin, par ses conquêtes, augmentait son royaume, il espérait que son fils aîné soutiendrait la gloire qu'il avait acquise à une nation généreuse, incapable d'oublier celui qui a su l'élever au-dessus des autres peuples. Pépin descendait d'un héros, et devait un jour immortaliser son nom.

Charles-Martel, son père, l'un des plus grands guerriers que l'on ait admirés en France, avait tout fait pour la gloire de son pays ; et quoi qu'il n'eût point le titre de roi, il en possédait tous les droits. Sa prudence et sa valeur doivent le placer au rang des souverains les plus distingués.

Charles semblait déjà digne de son illustre aïeul. Il fut le protecteur du peuple, et empêcha les

barbares de venir ravager le pays
qu'il gouvernait.... Voilà de véritables titres à la reconnaissance de
ses concitoyens, à la gloire, à l'im-
mortalité.

Pépin, délivré d'un ennemi qui
pouvait lui devenir funeste, soumit
tous les pays qu'avait gouvernés son
frère. Les peuples que ce dernier
s'était plu à tyranniser, se rangèrent bientôt sous les étendards du
roi de France, qui leur accorda secours et protection, et les conduisit
à de nouvelles conquêtes, auxquelles Charles et Archambaud prirent
une part active.

Pendant les six années que dura
encore le règne de Pépin, la victoire fut rarement infidèle aux Français; et tant que ce prince fut sur
le trône, les sciences et les arts
firent de grands progrès.

La puissance de la France imposait aux étrangers, et de toutes parts on y voyait arriver des ambassadeurs qui venaient solliciter respectueusement l'alliance du souverain.

Les Saxons vaincus avaient promis de payer à Pépin une redevance de trois cents chevaux tous les ans.

La première année ils les amenèrent tout enharnachés, et couverts de riches draperies de soie et d'or. Ils choisirent, pour l'instant de leur présentation, l'époque où le monarque tenait sa cour plénière, au mois de mars, assemblée à laquelle on donnait la plus grande solennité.

Là, Pépin reçut l'hommage de Tassillon, duc de Bavière. Il y vint accompagné de tous les seigneurs bavarois, et promit, entre les mains du roi de France, son oncle, foi et soumission entière.

A cette auguste assemblée, on vit l'ambassadeur de Constantin Capronyme, empereur de Constantinople, présenter, avec les bijoux les plus précieux, les aromates les plus suaves, le premier orgue qui parut en France (1). Le but de ces riches dons était d'engager le monarque français à ne point s'opposer aux efforts que l'empereur faisait pour se conserver quelques possessions en Italie.

Parmi les autres seigneurs qui se trouvèrent à la réunion du Champ-de-Mars, on remarquait le duc d'A-

_____

(1) Cet orgue fut placé, par ordre de Pépin, dans l'église de St.-Corneille, à Compiègne, ville où les rois faisaient presque tous leur résidence.

quitaine, le comte de Périgord, et les nobles suzerains dont les domaines étaient la Saintonge, l'Auvergne, le Berri; mais aucun de ces seigneurs ne fut sincère dans ses sermens, et tandis même qu'ils les prononçaient, Gaifre, duc d'Aquitaine, les engageait à les trahir.

Le comte de Rémiston, oncle du duc d'Aquitaine, avait une fille de la plus grande beauté, qui l'avait accompagné à la cour de France. L'intention de son père était qu'elle plût au fils aîné de Pépin, dont il espérait se faire un appui. Il n'ignorait point la mauvaise foi de son neveu, qui prétendait envahir ses possessions, qui se trouvaient limitrophes des siennes. Sa politique lui montrait l'alliance, objet de ses vœux, comme la garantie de ses

petits Etats ; mais l'Amour en décida autrement.

Lorsque la jeune personne fut
présentée au roi de France, il était
sur son trône, entre Charles et Carloman. Ce dernier fixa ses regards
sur la belle comtesse, et puisa bientôt dans les siens une passion qui
ne s'éteignit qu'avec la vie. En lui
donnant des sentimens dignes d'un
bon prince, cet heureux changement fut un miracle de l'Amour,
dont la fille du comte Rémiston eut
lieu de s'applaudir.

Carloman, que l'ambition de régner dominait depuis long-tems,
cessa tout-à coup de s'occuper des
projets qu'il avait formés; et n'ayant
plus d'autre désir que celui d'être
l'époux de Gerberge, il la demanda
au comte Rémiston, qui la lui re-

fusa. Alors le jeune prince , dont
l'amour était extrême , prit la résolution de ravir cette jeune personne à son père. Cependant celle-
ci , qui adorait Carloman, conjura
le comte de presser un mariage dont
dépendait tout le bonheur de sa
vie.

Pépin , qui pensait que cette
union ne pouvait que lui donner ,
dans Rémiston , un sujet fidèle et
des vassaux soumis , consentit au
désir de Carloman ; et les fiançailles
des deux époux eurent lieu à Compiègne.

Charles , qui avait déjà eu plusieurs femmes , et dont la constance
n'était pas la vertu favorite, conçut
le dessein de forcer Carloman à lui
céder Gerberge ; mais il ne put y
réussir , et Pépin le contraignit à
prendre pour épouse Hermengarde,

sœur de Didier, roi des Lombards.

Charles consentit au vœu de son père; il épousa celle qui lui était présentée, mais bien résolu de la quitter s'il parvenait à faire casser le mariage de Carloman. Il en concevait l'espérance; car trois années s'étaient écoulées, et comme Gerberge n'avait point encore eu d'enfant, on lui fit un crime de sa stérilité. Déjà l'on parlait hautement de divorce, quand cette jeune princesse donna successivement le jour à deux fils.

Six années s'écoulèrent, tandis que le roi continua de faire la guerre; mais se sentant considérablement affaibli, et voulant, avant de mourir, mettre la paix dans sa famille, il partagea son royaume, et donna à Carloman l'Austrasie, ainsi qu'une partie de l'Aquitaine; mais ce nou-

veau monarque ne survécut à son
père que de quelques mois : il mou-
rut à l'âge de vingt-neuf ans, laissant Gerberge à la tête de ses domaines.

Il s'était persuadé que ses enfans
les posséderaient un jour ; mais le
sort en ordonna autrement.

Les nobles de l'Austrasie se don-
nèrent au roi de France, qui ac-
cepta avec plaisir l'offre d'un trône
dont il n'eût jamais dû déposséder
les malheureux fils de son frère.

Le comte Archambaud, que ses
brillantes qualités, son esprit et sa
valeur avaient rendu un des premiers hommes de son siècle, se ser-
vit de l'ascendant qu'il avait sur l'esprit du roi de France, pour l'empêcher de contraindre la veuve de
son frère à devenir son épouse.

Eh quoi ! lui dit-il, mon prince,

vous êtes chéri des Français ; les bornes de l'héritage que vous a laissé le vaillant Pépin, votre père, ont été reculées par vos mémorables victoires. La reine d'Austrasie ne possède plus que ce royaume, puisque vous avez exigé que votre frère vous cédât ce qu'il possédait dans l'Aquitaine : pourquoi vouloir réduire Gerberge au désespoir, en dépouillant ses enfans ? Ne croyez pas que cette crainte puisse la porter à vous donner sa main. Il ajouta, que puisqu'il voulait absolument abandonner la sœur de Didier, roi des Lombards, il devait épouser la princesse Hildegarde, fille d'un prince allemand.

Charlemagne consentit au désir d'Archambaud ; et, peu de tems après son divorce, il fit asseoir sur son trône Hildegarde, dont la beauté

et les vertus eussent dû lui faire oublier entièrement la passion qu'il
avait conçue pour la reine d'Austrasie.

Son second mariage se fit à Noyon,
où se rendirent tous les seigneurs
français. Peu de jours après, il alla
en Bourgogne, et fut fêté comme
pouvait l'être un souverain dont on
vantait partout les talens, les vertus et la générosité. Si la multitude
s'enthousiasme au récit des exploits
d'un grand homme ; si l'on chantait
partout les victoires de Charles, les
êtres sensibles plaignaient le sort
de la veuve de Carloman, et celui
de ses deux enfans.

Des bruits calomnieux se répan-
dirent sourdement ; et la mort pré-
maturée du souverain de l'Austrasie donna lieu à de funestes soup-
çons. Les mécontens, qui sont tou-

jours en grand nombre , surtout
dans les premiers instans d'un nouveau règne , accusaient d'un crime
les partisans de Charles. Mais que
ce crime ait eu lieu ou non, le monarque français était incapable de
l'avoir ordonné.

Le ministre de ce prince, le preux
Archambaud , était marié depuis
plusieurs années. Pépin lui avait fait
épouser la fille d'un prince italien,
avec qui il avait formé des liaisons
d'amitié , lorsqu'il fit entrer ses
troupes dans Ravènes. Le prince
Ilberti en était gouverneur au nom
du pape. Sentant qu'il était important de ne point exciter la haine du
vainqueur, il se concilia son estime,
et sauva par ce moyen, des horreurs
de la guerre , une ville qu'il ne pouvait plus défendre.

Pépin vit la princesse fille d'Il-

berti, et la demanda pour Archambaud , qui était son premier officier. Ce mariage se fit avec la plus
grande célérité et la pompe la plus
brillante.

La ville de Ravènes avait été
attaquée par les Français le 23 juil-
let 760 , et le comte Archambaud
épousa la fille du prince Ilberti le
2 août de la même année.

Son mariage , où il trouva le bonheur, ne put l'éloigner des affaires.
Il s'attacha de plus en plus à la famille royale , qui l'avait adopté ; et
lorsque Charlemagne fut seul souverain de toute la France, Archambaud mit sa gloire à ne le point quitter. Il assistait à tous ses conseils, et avait part à ses conquêtes :
il était général et ministre, ami sincère et confident zélé. On ne pouvait voir deux hommes plus atta-

chés l'un à l'autre, que Charlemagne et le comte Archambaud.

Lorsque ce dernier eut le malheur de perdre son épouse, après sept années de la plus douce union, il confia sa fille aux soins d'une parente, qui forma le cœur et l'esprit de la jeune personne. Pour lui donner de l'émulation, Elfride prit avec elle Bertrude, fille d'un des officiers du comte Archambaud, qui avait six ans de plus que Berthilie, et pouvait être un jour son amie, et la garantir, par sa prudence, des dangers de l'amour, et des piéges de la perversité des méchans.

La parente du comte Archambaud était une femme d'un mérite reconnu, et fort instruite pour un siècle où les hommes l'étaient à peine.

La noble fille du comte Archam-

baud venait d'atteindre sa quinzième année, lorsque son père se
décida à la quitter pour aller rejoindre le roi son maître en Bavière, où ses vassaux et Roger venaient déjà d'arriver.

Ce bon seigneur n'avait été que
légèrement indisposé, et rien ne
fut capable de lui faire continuer
son séjour à Noyon, au-delà d'une
semaine.

Tu vas partir, lui disait sa fille,
et ta Berthilie sera sans cesse en
proie à la plus violente inquiétude.
Donne encore quelques jours à ta
convalescence, à la tendresse de ta
fille, aux respects des bons habitans de cette ville, qui veulent cé-
lébrer demain, par une fête, le ré-
tablissement de ta santé. Le comte
Archambaud céda au désir de sa
fille, et son départ fut retardé de

huit jours. Pendant ce tems, le sénéchal Raymond eut la facilité de
préparer les pièges dans lesquels il
voulait faire tomber tout ce qui appartenait au noble Archambaud.

C'est ainsi qu'un lâche courtisan,
trompé dans son attente, peut souvent devenir dangereux, quand il
sait se couvrir du manteau d'une
adroite hypocrisie. Ah ! rien n'est
plus à redouter qu'un ennemi avec
qui l'on s'est réconcilié. La religion
dit de ne pas lui en vouloir, mais
la prudence commande de ne pas
se fier à ses protestations de zèle et
d'amitié.

CHAPITRE II.

Tout semblait s'accorder pour promettre au comte Archambaud une gloire durable au milieu même de la cour; mais un père peut-il être heureux loin de l'objet de ses plus douces affections ?

Quoiqu'il eût pensé faire un bon choix en prenant le sénéchal Raymond pour tuteur de sa fille, il était sans cesse tourmenté par ces inquiétudes vagues qui sont comme des pressentimens qui nous avertissent de l'approche de quelques grandes infortunes.

Les personnes qui étaient restées

I.   4

à son château, souffraient beaucoup de son absence ; car le sénéchal avait pris avec elles le ton d'un despote. Son intention était d'abord, de forcer la parente du comte, la bonne Elfride, à abandonner le poste honorable qui lui avait été remis par l'amitié, et qui lui était conservé autant par l'estime que par la confiance du comte, dont elle ne pouvait cesser d'être digne ; mais cette femme, réellement instruite, était un témoin importun, dont sir Raymond résolut de se débarrasser le plus promptement qu'il lui serait possible.

Comme le sénéchal avait l'intention de punir Archambaud de la faveur dont il jouissait auprès de Charlemagne, et de s'élever aux premières places de l'Etat, il pensa qu'il devait tout employer, afin de flétrir la réputation du comte.

Il avait, pour le seconder dans ce criminel dessein, un seigneur à qui il avait promis secrètement la main de la jeune Berthilie.

Servez-moi, lui avait-il dit, dans mon plan d'attaque contre Archambaud ; qu'il perde l'amitié du monarque, et je vous promets de vous faire épouser sa fille. — Je crains, sénéchal, que vous ne puissiez point conduire à bien ce projet, lui avait répondu le seigneur Angilbert ; la jeune personne me déteste, et dame Elfride, ainsi que Bertrude, semblent aussi me haïr. — Rassurez-vous, j'y mettrai bon ordre.—Comment ferez-vous ? — Je les éloignerai de ce château. — Cependant il faudra garder une femme, d'abord pour servir Berthilie, ensuite pour l'empêcher de soupçonner nos in-

tentions. — Oui, vous avez raison.
La seule parente du comte peut être
un obstacle à nos desseins: quant à
Bertrude , elle restera. — Il faut
nous l'attacher, en lui faisant épouser Robert mon écuyer. — Mais
êtes-vous bien certain de la foi de
cet homme ? — J'en réponds ; il
m'est dévoué. — Par intérêt peut-
être ? — Pas autrement ; c'est toujours le seul motif qui fait agir cette
classe d'hommes.

Cette conversation avait eu lieu
quelques jours avant celui où Roger , le fils adoptif du comte Archambaud, était parti avec tous les
habitans des domaines de son généreux protecteur.

Bertrude, qui aimait tendrement
Théobald, l'écuyer du père de Berthilie, refusait d'entendre Robert,
qui prétendait lui parler de son

amour, et lui avait répété, avec ce ton qui dénote si bien la haine et le mépris : *Jamais vous ne parviendrez à vous faire aimer, et vos tentatives pour me plaire sont aussi inutiles que celles du seigneur Angilbert votre maître, pour obtenir la main de ma belle maîtresse. Le noble comte Archambaud ne recevra point dans sa famille un homme, un guerrier qui n'a pas craint de trahir Charlemagne lors de la conquête de l'Aquitaine.*

On doit penser que la franchise de Bertrude excita la colère d'Angilbert. Il jura de se venger, et mit Robert à même de faire autant de mal qu'il le pourrait à la famille du comte Archambaud. Angilbert était trop lâche pour agir lui-même, et ce n'était que par des subalternes qu'il faisait persécuter ceux qui

avaient eu le malheur de lui dé-
plaire.

L'injure que Bertrude venait de
lui faire dans la personne de son
écuyer, retomba entièrement sur
Elfride.

C'est elle, dit le sénéchal, qui
excite Berthilie et sa compagne.
Ainsi, ajouta-t-il, il faut attendre
que le comte soit en Bavière. Je
saurai mettre une forte barrière
entre Elfride et ma pupille : nous
verrons ensuite si cette jeune fille
osera me résister aussi ouvertement, lorsqu'elle ne se sentira plus
autorisée dans sa rebellion.

Tout ce qui se tramait contre
Elfride et Berthilie, avait lieu
dans le plus grand secret. Le sénéchal pensa même qu'il était nécessaire que le seigneur Angilbert re-
nonçât, pour quelque tems, à le ve-

nir visiter ; car il crut que ses assiduités déplairaient trop à Berthilie, pour qu'elle ne trouvât pas les moyens d'en prévenir son père. Ainsi Raymond, réfléchissant qu'une extrême sévérité le ferait haïr, changea de ton avec la fille du comte, et et la traita avec douceur. Il sembla ne s'occuper que du soin d'embellir l'existence de la jeune personne par des fêtes qui se donnaient journellement au château de Noyon, fêtes auxquelles n'assista jamais le seigneur Angilbert. Le sénéchal annonça même qu'il avait abandonné son château, pour se rendre à la cour du roi de France , qui venait de l'y rappeler; bien convaincu que jamais ce seigneur n'avait eu l'intention de le trahir.

Le changement qui s'était opéré dans la conduite du sénéchal, n'é-

chappa point à la pénétration d'Elfride. Elle se persuada que cette
nouvelle façon d'agir voilait quelques projets, dont son élève pourrait être un jour la victime : elle
pensa même devoir prévenir le
comte Archambáud de la dissipation dans laquelle sir Raymond semblait vouloir entraîner la jeune personne.

L'attrait du plaisir est un aimant
dangereux , et toujours celui qui le
présente parvient à gagner le cœur.

Elfride parlait science , raison ,
travail; le sénéchal n'était plus occupé que du soin de faire préparer
des fêtes , de donner de petits tournois , dont Berthilie distribuait tous
les prix.

Aux yeux de la fille du noble Archambaud , l'institutrice avait tort.
En peu de tems cette jeune infor-

tunée ne vit plus, dans sa bonne parente, qu'une femme incommode, qui voulait contrarier tous ses goûts.

C'était là que le perfide Raymond voulait en venir. Aussi Berthilie ne fut point affligée, lorsque son tuteur lui parla de se séparer d'Elfride ; mais Bertrude, dont le jugement était plus fait, craignit que le sénéchal n'eût de mauvaises intentions.

La parente du comte Archambaud ne pouvant se dissimuler qu'elle avait perdu toute son autorité sur l'élève qui lui avait été confiée, écrivit au comte, afin de l'instruire de tout ce qui se passait ; mais sa lettre fut interceptée par l'ordre du sénéchal. Il en prit connaissance ; et comme la vigilante institutrice faisait de sir Raymond un portrait peu avantageux, qu'elle priait le comte de lui retirer sur-le - champ sa confiance, dont il faisait le plus mauvais usage, on doit se persuader que cette lettre n'arriva pas à sa destination. Le sénéchal en fit parvenir une autre, conçue en ces termes :

« A l'instant où je vous écris,
» Elfride, votre parente, n'est plus
» au château. On ignore ce qu'elle
» est devenue. Depuis que vous
» avez abandonné Noyon, cette
» femme a bien changé de conduite,
» et la dissipation dans laquelle elle
» prétendait entraîner votre fille,
» ayant excité mes justes repro-
» ches, je me suis cru autorisé à
» lui en faire quelques-uns; mais
» elle n'a point voulu me permettre
» de lui apprendre que vous ne
» prétendiez point que l'on donnât

» des fêtes pendant que vous étiez
» absent de votre château ; elle s'est
» emportée contre moi , contre
» vous , mon ami , qu'elle traita
» avec fort peu de respect en pré-
» sence de votre fille ; et comme je
» l'ai menacée de vous écrire, elle
» a pris la fuite cette nuit.

» C'est un chagrin pour votre
» fille , qui la regrette beaucoup ;
» mais cet évènement peut devenir
» utile à votre chère Berthilie ,
» puisque j'espère, au moyen d'une
» fermeté bien entendue, la rame-
» ner à des principes plus confor-
» mes aux nobles intentions que
» vous avez sur elle. »

Cette lettre n'était point encore
partie, qu'Elfride avait été entraînée hors du château du comte , de
la ville de Noyon , et conduite nui-
tamment chez le seigneur Angil-

bert. Là , dans l'intérieur d'une tour spacieuse , et ne manquant d'aucune des choses nécessaires à l'existence , elle resta plusieurs années à déplorer le sort de Berthilie, qu'elle accusait d'ingratitude.

En effet, la fille du comte méritait ce reproche, dont sa jeunesse et son inexpérience pouvaient seules atténuer la force.

Le sénéchal , qui ne redoutait pas autant la prudence de Bertrude que celle d'Elfride, n'avait point voulu l'éloigner entièrement de sa maîtresse ; mais pour que celle-ci fût sans crainte sur les suites d'une extrême dissipation, dont plusieurs fois elle s'était permis de se plaindre , le sénéchal lui répondait : Je suis en tout les intentions du comte Archambaud.

Lorsqu'Elfride fut partie de

Noyon, tout prit dans le château une face nouvelle. Sir Raymond, qui n'avait plus à redouter la présence d'un témoin incommode, annonça que le père de Berthilie allait arriver, et qu'il fallait s'abstenir de donner des fêtes. Autant il s'était montré complaisant, autant il devint rigide; et tournant en ridicule la conduite d'Elfride, il sut faire entendre qu'elle seule avait exigé que l'on donnât des bals et des tournois. Il lui prêta des intentions coupables, et parvint à flétrir sa réputation dans l'esprit des principaux seigneurs des domaines du comte Archambaud.

Berthilie, que l'amour du plaisir avait étourdie un moment, fut frappée comme à l'aspect d'une lumière éclatante. Elle reconnut que les avis d'Elfride avaient été la plus grande

preuve d'un attachement réel. Elle
se reprocha son départ. Hélas! se
disait-elle, c'est moi qui l'ai con-
trainte d'abandonner le château.
Pourquoi n'ai-je pas suivi ses sages
conseils? Me voilà maintenant exposée à une célébrité malheureuse-
ment trop dangereuse. Je n'ai encore que seize ans, et dans toute
la ville on parle de moi, de ma légèreté.

Pendant les instans où la joie tu-
multueuse avait pris dans le château
du comte la place de la tranquille
raison, la réflexion en avait été entièrement bannie; mais depuis le
départ d'Elfride, une véritable douleur remplissait l'ame de Berthilie.
Honteuse de l'indifférence qu'elle
avait témoignée à la bonne Bertrude tandis qu'elle recevait les
hommages des chevaliers qui se

trouvaient aux bals et aux tournois, elle forma la résolution de regagner, à force de soins et même de prévenances, son amitié, qu'elle croyait avoir entièrement perdue.

Bertrude, qui n'était point astreinte à remplir, auprès de la fille du comte, les devoirs d'une femme-de-chambre, avait cependant assisté à toutes les toilettes que la jeune personne avait faites ; mais le jour où l'on se réunit au château pour le bal auquel Elfride s'était opposée, Bertrude semblait triste; Berthilie lui en demanda la cause.

Hélas ! mademoiselle, puis-je montrer de la gaîté, quand je vois que le sénéchal paraît vouloir vous perdre ? —Qu'oses-tu dire ? répond la fille d'Archambaud. — La vérité. Depuis l'instant où vous n'avez plus voulu suivre les avis d'Elfride, vous

avez contribué à votre perte. Cette
excellente amie vous tenait lieu de
mère. Je suis certaine que sir Raymond s'entend avec le seigneur Angilbert, et que d'un moment à l'autre vous tomberez au pouvoir d'un
homme déloyal, que vous savez
ètre l'ennemi du comte Archambaud. — Mais Angilbert n'est point
dans ce pays ; il est allé rejoindre
la cour de Charlemagne. — Vous
êtes dans l'erreur. Il y a trois jours,
pendant le tournois, Angilbert était
un des combattans. Je l'ai très-bien
reconnu. Ses armes étaient brillantes, son panache bleu. — Quoi!
ce chevalier qui a été vaincu deux
fois...? — Etait le seigneur Angilbert. — Qui a pu te le faire connaître, puisque la visière de son casque est restée constamment bais-
sée ? — Vous devez vous souvenir

qu'à l'instant où il fut renversé, on le crut blessé dangereusement ; aussi-tôt je vis accourir Robert, que j'ai très-bien reconnu. — Mais le sénéchal le dit à la cour de Charlemagne. — Il est trop lâche pour s'approcher d'un si grand guerrier. Ah! croyez-moi, Mademoiselle, cessez de vous abandonner aux paisirs. Le sénéchal sème des fleurs sous vos pas ; mais son intention est de vous cacher les bords de l'abîme dans lequel il prétend vous entraîner. — O mon dieu! tu me fais trembler. Que faire ? — Suivre en tout les conseils d'Elfride, qui vous disait encore hier qu'elle vous engageait à feindre une indisposition, pour empêcher que l'on ne donnât des fêtes ; mais, hélas! les avis de cette excellente femme ne sont point suivis, et vous la traitez de-

puis quelque temps avec une fierté
qui n'a point d'exemple, si ce n'est
celle que vous affectez à l'égard
d'une compagne, j'oserai ajouter
d'une amie de votre enfance. Bertrude n'est plus rien pour vous ;
cependant elle a promis au ciel, au
comte Archanbaud de ne jamais
vous quitter. Elle tiendra le serment
qu'elle a fait, et la bonne Elfride,
cette tendre amie que le sort semble
avoir placée près de vous pour vous
tenir lieu de mère, aime mieux
souffrir de vos hauteurs que de vous
laisser au pouvoir d'un homme dont
l'adroite hypocrisie peut causer de
grands malheurs. Il a trompé le
comte votre père, et vous serez la
victime de quelque complot odieux.

Berthilie versa un torrent de larmes, et prenant la main de la compagne de son enfance, elle la serra

sur son cœur, sans pouvoir proférer une seule parole. Un moment après, elle lui dit : Bertrude, viens avec moi, allons trouver la bonne Elfride ; je veux me jeter dans ses bras, et lui faire oublier, par ma soumission, tous les désagrémens que j'ai pu lui causer.

Au même instant elle envoya dire au sénéchal qu'une indisposition subite la contraignait à ne point se trouver à la fête qu'il donnait, et qu'elle le conjurait de ne plus la forcer à paraître en public jusqu'au jour où son père serait de retour à Noyon. Elle se rendit ensuite à l'appartement où logeait Elfride ; mais on lui apprit qu'elle avait abandonné le château, et qu'on ignorait le pays où elle était allée.

Le domestique qui se trouvait là pour annoncer le départ de la pa-

rente du comte, appartenait au sénéchal; l'air satisfait avec lequel il
donna cette nouvelle, ne prouva que
trop à l'imprudente Berthilie que
les prédictions d'Elfride, et celles
de son amie, étaient sur le point de
se réaliser entièrement.

CHAPITRE III.

Six mois s'étaient écoulés depuis la mort de Carloman, et sa veuve avait été dépouillée de tous ses droits à la tutelle de ses fils. Les seigneurs austrasiens et bourguignons, par la plus coupable injustice, réunis dans une assemblée illégale, puisqu'elle avait été convoquée secrètement et tenue pendant la nuit, avaient prononcé l'exhérédation des deux orphelins, en faveur de Charlemagne. L'aîné des fils de Carloman n'avait encore que six ans, et déjà il était la consolation de sa mère ; il promettait d'en être un jour et l'honneur et la gloire.

La vivacité de cet aimable enfant, ses reparties , la bonté de son jeune cœur, annonçaient à la reine d'Austrasie un avenir heureux. Vain espoir , que détruisirent bientôt la cabale des seigneurs , et l'ambition d'un frère qui ne jeta pas même des fleurs sur la tombe du malheureux Carloman.

Ah ! si les souverains ont une patrie, ils n'ont point de famille , et la pourpre royale parvient à étouffer les sentimens de la tendresse fraternelle. Ce lien sacré se trouve presque toujours sans force , lorsque l'orgueil et là soif de régner ont résolu de le briser.

Gerberge, qui n'avait cessé d'adorer Carloman , faillit mourir de chagrin lorsqu'elle le perdit ; mais

enfin la tendresse maternelle triompha de l'amour conjugal, et la veuve
infortunée du monarque de l'Austrasie consentit à supporter la vie,
pour assurer la tranquillité de ses
états ; du moins elle se flattait d'y
parvenir.

Tandis que cette princesse s'a-
bandonnait à la vivacité de sa douleur, et que, reléguée dans un château voisin de Metz, elle semblait ne
plus exister que pour verser des
larmes, on conspirait contre son fils.

Elle passa quelques jours dans
la retraite, et près du tombeau élevé à la mémoire de son époux. Ceux
qui lui avaient témoigné le plus de
soumission, de respect et de zèle,
changèrent tout à-coup à son égard
et se liguèrent avec les agens que
Charlemagne entretenait à la cour
de son frère.

Gerberge, après avoir donné quelque tems aux pleurs les plus légitimes, rentra dans la capitale de son royaume.

Comme il lui était impossible de soupçonner qu'elle serait trahie par des ministres qui avaient été comblés des bienfaits de son époux et des siens, par des hommes qui, au moment de la mort de Carloman, avaient été les premiers à la reconnaître pour régente du royaume, et tutrice des deux princes, elle fit dans Metz une entrée solennelle.

Elle était sur un char drappé d'un drap noir que décorait une superbe broderie en argent.

Son costume de veuve semblait faire ressortir la blancheur de son teint.

Sa belle chevelure était couverte d'un long voile de deuil, sur lequel reposait la couronne royale, et ses deux enfans étaient assis à ses côtés. Dès qu'elle fut au milieu de la place publique, où les soldats étaient rassemblés, elle prit le jeune monarque dans ses bras, et le présentant à la multitude qui environnait son char, elle dit : Austrasiens, voici votre roi; recevez le serment qu'il vous fait par la bouche de sa mère, de ne s'occuper que de votre bonheur.

Le faible enfant balbutia les mêmes paroles que la reine, et le comte Rémiston, père de Gerberge, jura par Dieu et son épée, de défendre les intérêts du peuple que sa fille allait gouverner.

Au même instant descris de *vive Carloman! vive la reine!* retentirent dans les airs; mais ceux de *vive Charlemagne!* en troublèrent bientôt l'harmonie, et furent l'annonce du coup affreux qui devait accabler cette jeune princesse.

Arrivée à son palais, où elle avait passé six années embellies par la paix et l'amour, tous les objets qu'elle y vit renouvelèrent ses peines, en lui rappelant l'époux qu'elle avait perdu.

Les sujets qui lui étaient restés fidèles se jetèrent à ses pieds, et par leur attitude affligée, ils lui prouvèrent leur douleur, et semblaient lui dire : Jeune et belle souveraine, la gloire de ton sexe et l'ornement du trône, à quel sort affreux tes malheureux enfans vont-ils être réduits !

L'aspect du danger ranime souvent le courage ; Gerberge montra qu'une femme peut bien s'élever au-dessus de la faiblesse de son sexe ;

et si ses efforts pour ressaisir ses droits furent infructueux , elle eut du moins la gloire de l'avoir entrepris, et de faire trembler plus d'une fois ceux qui n'avaient pas craint de se souiller par l'ingratitude et par une lâche trahison.

La reine fit assembler les Austrasiens qui lui étaient restés sincèrement attachés, et apprit que la majorité des grands s'était liguée contre elle, et que d'un commun accord on avait envoyé une députation à Salzbourg, en Bavière, pour offrir à Charles une couronne et un sceptre que la justice devait lui faire refuser.

Les cœurs vraiment nobles ne peuvent se persuader que l'ambition soit capable de faire trahir les lois sacrées de la nature. Gerberge pensa que le roi de France refuserait de posséder l'héritage de ses neveux ; mais son espoir fut déçu. Les députés revinrent en apportant le consentement de Charles. Il faisait offrir à la veuve de son frère une retraite dans un monastère, lui promettant d'élever ses deux enfans à sa cour.

Gerberge refusa ces offres humiliantes, et réunissant quelques hommes dont la foi ne laissait aucun doute, elle parvint avec leur secours à se former une armée d'environ quinze mille hommes, qui tous brûlaient du noble desir de conserver à la jeune reine et à ses fils un pouvoir légitime dont tout assurait qu'elle ferait un si bon usage.

Le courage de cette princesse, digne d'un meilleur sort, n'obtint aucun résultat avantageux pour elle, ni heureux pour les siens.

Charles devait rester encore pendant quelques semaines au château de Salzbourg; mais dès qu'il apprit que sa belle-sœur avait l'intention de s'opposer ouvertement à ce qu'il prît possession de l'Austrasie, il se hâta d'arriver devant Metz.

Ce fut inutilement que le comte Archambaud voulut empêcher son souverain de flétrir la gloire d'un nom célèbre par une action indigne de lui. Le prince n'écouta rien, et la courageuse franchise du ministre faillit lui être funeste.

Pour la première fois le roi parla en maître : Eh quoi! dit-il au comte, vous semblez vous opposer à l'agrandissement de mes états?—Prince, vous serez plus puissant par vos conquêtes sur les ennemis de la France, que par la possession du patrimoine de deux orphelins, pos-

session qui, tôt ou tard, vous sera
disputée. — La force de mes armées
anéantira les rebelles. — Des rebelles!.... Ah! mon prince, que dites-
vous? Des sujets qui veulent défendre leur souveraine, peuvent - ils
être traités comme des révoltés? Si
la mort vous eût frappé au lieu du
prince Carloman, et que celui-ci
eût voulu envahir votre trône, se-
rions nous des rebelles si nous vou-
lions soutenir les droits du prince
votre fils? et d'ailleurs, comment se
peut-il que la veuve de votre frère,
que vous avez aimée si tendrement,
soit aujourd'hui l'objet de votre
haine? — Moi, la haïr! lui répond
le monarque en soupirant, je voudrais le pouvoir. — Eh bien, mon
prince, que ce sentiment se change
en amitié. Employez vos forces
pour faire rentrer dans le devoir les

sujets du prince votre frère. Alors vous aurez des droits à l'estime de tous les souverains de l'univers ; vous serez cité comme le plus juste des princes, comme le plus tendre des frères.

Eh bien, reprit le roi, il n'est qu'un seul moyen qui puisse me déterminer à protéger la veuve du roi d'Austrasie, et c'est toi, mon cher Archambaud, qui peux le tenter. — Parlez, que puis-je faire ? — Partir sur-le-champ pour les états de Carloman ; tu remettras à sa veuve un écrit qui lui fera connaître ma volónté. Si elle répond d'une manière conforme à mes desirs, alors je deviendrai son défenseur et le père de ses enfans ; mais si elle résistait.... — J'aime à croire que vous ne lui demanderez rien qui soit indigne d'une reine et d'une

mère. — Archambaud devrait penser à m'obéir, sans se permettre
aucune réflexion. — Le ministre
de Charlemagne ne peut être un
esclave. Jusqu'à présent il lui a
été permis de s'expliquer avec son
souverain, de lui faire des représentations. — Je ne veux en entendre aucune, lui répond le roi avec
emportement; dans deux jours vous
partirez, et, suivant la réponse de
Gerberge, j'agirai.

Archambaud éprouva la plus
grande douleur en entendant le monarque lui parler ainsi. Il allait refuser de se charger du message; mais
pensant aux intérêts de la jeune
reine, à la gloire de Charlemagne,
il crut qu'il était de son devoir de
se sacrifier pour l'un et l'autre.

Oui, se dit-il, si le roi de France
pouvait oublier ce qu'il doit à la

mémoire de son frère, ce qu'il se
doit à lui même, je saurais protéger la reine d'Austrasie et lui offrir
une retraite, non dans un monastère, comme on ose le lui proposer, mais dans mes domaines, heureux de pouvoir être le protecteur
d'une infortunée, et des jeunes orphelins dont on veut envahir l'héritage.

Le soir, il se présenta chez le
prince; mais il ne fut point reçu :
dès-lors il se persuada qu'il confie-
rait à un autre l'ambassade dont il
lui avait parlé ; mais le lendemain,
le jour commençait à peine, lorsqu'un page vint lui dire de se rendre
sur-le-champ auprès du roi.

Il obéit, et le trouva occupé à
écrire. Il paraissait accablé de douleur. Après être resté quelques
instans sans lui parler, Charles

I. 7

scella sa lettre et la lui remit, en disant : Le sort des fils de Carloman dépend de la réponse de leur mère. Partez, Archambaud, et soyez promptement de retour.

La froideur de Charles alarma le comte. Il pensa que le roi n'avait plus aucune confiance en lui, et que sa perte était très-prochaine : déterminé cependant à ne trahir en rien les lois de l'honneur, il partit sans savoir ce que renfermait le message dont il était porteur.

Le comte arriva à Metz presque au même instant que les députés qui apportaient l'acceptation de Charlemagne. La plus grande fermentation régnait dans la ville, où deux partis se montraient ouvertement.

Archambaud, dont le nom était célèbre, fut reçu avec pompe par les partisans du nouveau gouvernement, qui le regardaient comme le précurseur du roi de France.

On le conduisit au palais, où siégeaient ceux qui voulaient la chute de la reine, et qui déjà s'étaient constitués autorité souveraine.

Arrivé dans la salle du trône, Archambaud, qui ignorait que déjà l'on ne reconnaissait plus le pouvoir de la reine, fut étonné de ne pas la trouver au milieu de son conseil; et, s'adressant à celui qui paraissait le présider, il lui dit : De la part du roi de France, mon maître, j'ai un message de la plus haute importance à remettre à la reine d'Austrasie, à la veuve d'un roi qui, pendant six années, a fait votre bonheur. C'est à elle seule que je dois le remettre.

En prononçant ces mots, il sor-

tit, et se fit conduire à l'appartement qu'occupait l'infortunée Gerberge

Il trouva près d'elle plusieurs seigneurs et deux ministres zélés, que
la mort de Carloman n'avait point
éloignés de sa veuve.

Dès qu'on eut annoncé à la reine
que c'était un envoyé de Charlemagne qui lui demandait un entretien secret, elle répondit : Allez
dire à l'ambassadeur du roi de France qu'il peut se présenter : dites-
lui que je suis avec les plus fidèles
sujets du frère de Charlemagne, et
que je ne puis le recevoir qu'en leur
présence.

Archambaud fut introduit. La vue
de cette reine, que ses malheurs
semblaient rendre encore plus in-
téressante, l'émut vivement ; et ce
guerrier vaillant, que les ennemis

de sa patrie n'avaient jamais fait trembler, ne fut pas le maître de cacher son trouble en présentant une lettre dont il redoutait les suites; car il pensait que le roi y exprimait tout son amour, et mettait la possession du trône à un prix indigne de celle à qui il s'adressait.

Gerberge rompit le cachet, et lut rapidement l'écrit. Une rougeur subite couvrit son front; et, levant vers le ciel ses beaux yeux remplis de larmes, elle dit, d'une voix entrecoupée par les sanglots : Mânes augustes de Carloman, ne vous irritez point contre le coupable Charles ; la reine d'Austrasie sera digne de son glorieux titre ; et dût la misère être son partage et celui de ses malheureux fils, jamais elle ne fera rien qui soit indigne d'une mère.

En prononçant ces mots, elle déchira la lettre et la jeta au feu , sans avoir voulu la communiquer aux seigneurs qui étaient présens.

Elle s'adressa ensuite au comte Archambaud, et lui dit avec dignité : Portez ma réponse à votre maître , et rougissez, seigneur, de vous être rendu le messager....

Arrêtez , madame , reprit l'envoyé de Charlemagne, et veuillez me connaître. Sujet fidèle du monarque français , j'ai dû lui obéir sans réplique, lorsqu'il m'a ordonné de vous apporter cette lettre ; mais, en me soumettant à sa volonté, j'ai promis de vous protéger , de vous offrir, ainsi qu'à vos enfans, une retraite assurée, si vous aviez à craindre la vengeance ou l'amour de mon maître.

Hélas ! pour mon malheur, j'ai l'un et l'autre à redouter, dit la reine;

et si les intérêts de mes enfans ne m'imposaient des devoirs sacrés, je quitterais ce royaume pour retourner dans ma patrie. Là, j'attendrais avec impatience que la mort vînt me réunir au plus tendre des époux.

Quel est votre dessein, madame? demanda le comte. — Celui de profiter du zèle de mes sujets. Déjà plus de quinze mille hommes sont réunis sous les ordres du comte Rémiston mon père. Dans vingt-quatre heures ils doivent se présenter devant les portes de ce palais, pour sommer le pouvoir usurpateur d'en sortir sur-le-champ, et de rendre à Carloman II, mon fils, l'hommage dû à la royauté.

Ah, madame! renoncez à ce projet, qui va attirer sur vous une foule de malheurs, et qui vous exposera

à tomber au pouvoir du vainqueur.
— Eh quoi ! seigneur, vous voulez
que je laisse posséder l'héritage de
mes enfans par celui qui veut le
déshonneur de la veuve de son frère ? Non, le sort en décidera ; et si
je suis vaincue dans cette guerre
que tout doit légitimer, j'aurai du
moins la gloire d'avoir voulu conserver une couronne que j'étais digne de porter.

Ce fut sans aucun succès que le
comte Archambaud chercha à convaincre la reine qu'elle se perdait,
en courant les hasards de la guerre,
et d'une guerre désastreuse. Rien
ne put la porter à changer de résolution ; d'ailleurs, son père était de-
venu son conseil, et ce vaillant militaire ne trouvant rien d'impossible
à la valeur que dirige un sentiment
vertueux, persistait dans son pro-

jet, et le noble Archambaud fût chargé de porter au roi de France la réponse de Gerberge, ainsi que la déclaration de guerre.

Avant de quitter la reine, le comte lui dit : Illustre princesse, l'intérêt que vos malheurs m'inspirent, m'a déterminé à vous donner des conseils de paix ; mais quel que soit le résultat de votre entreprise, contre laquelle le roi mon maître va sans doute m'employer, je vous réitère, en présence de vos ministres, l'offre de mes domaines, si vous succombez dans une lutte si terrible.

Comme sujet et général de Charles, je combattrai, à la tête de ses troupes, vos courageux sujets, dont j'admire le dévouement ; mais je vous le répète, Gerberge, en faisant des vœux pour le succès des armes françaises, je me déclare le soutien d'une reine trop malheureuse, et de ses illustres orphelins.

Archambaud quitta Metz le cœur navré de la plus vive douleur, déplorant le sort de la veuve de Carloman, et se voyant forcé de blâmer la conduite d'un souverain qu'il aimait sincèrement.

CHAPITRE IV.

LE sénéchal Raymond, parvenu au but qu'il s'était proposé, celui d'éloigner de Berthilie cette femme dont la pénétration lui semblait trop dangereuse, crut qu'il pouvait agir hardiment en faveur du seigneur Angilbert, si celui-ci, par quelque manœuvre secrète, était certain de réussir à perdre le noble Archambaud dans l'esprit de son souverain. Déjà des émissaires avaient été envoyés en Bavière, pour surveiller toutes les démarches du comte, et chercher à empoisonner ses meilleures intentions.

Un homme d'une intégrité aussi reconnue que l'était celle du père de Berthilie, était difficile à attaquer, surtout au milieu d'une cour où il était chéri presqu'autant que le monarque lui-même.

Angilbert, tombé dans la disgrace du prince, et accusé de l'avoir trahi lors de la bataille de Libourne (1),

---

(1) Libourne, ville de la Guyenne; dans le Bordelais, sur la rive droite de la Dordogne, ci-devant royaume, puis duché d'Aquitaine. C'est près des murs de cette ville que Charlemagne eut à soutenir de grandes batailles pour chasser les Maures qui s'étaient emparés de ces belles contrées. La guerre dura plus de six mois; mais enfin la valeur des Français, qui sait triompher des obstacles qui, pour d'autres peuples, sont insurmontables, força les barbares Africains à regagner ignominieusement l'Espagne.

ou du moins d'y avoir abandonné
un corps considérable de troupes
qui faillirent être les victimes de sa
lâcheté, chercha à rentrer en faveur; et, à l'aide de plusieurs faux
témoins qu'il gagna à prix d'argent,
il parvint à faire croire à Charles
que les rapports faits contre lui
après le combat, étaient calomnieux; et comme l'or peut tout sur
certaines gens, il obtint d'un chi-
rurgien une attestation en forme
qui semblait devoir prouver qu'il
avait été dangereusement blessé,
et que cette circonstance seule l'a-
vait contraint à abandonner les
troupes qui lui avaient été confiées
par son souverain.

Les tentatives d'Angilbert ob-
tinrent du succès; il avait à la cour
un parent bien digne de le seconder; et comme Archambaud était

ùn des généraux qui avaient causé,
par leurs justes plaintes, la disgrace
d'Angilbert, son rapport fut sus-
pecté. L'ami du traître était assez
bien auprès du roi; il parvint à faire
prononcer le rappel qu'il sollicitait.

Archambaud n'était point en ce
moment au château de Salzbourg;
le roi venait de l'en faire partir pour
l'envoyer à Metz, auprès de la veuve
de Carloman.

C'est toujours en l'absence de
l'homme en crédit que l'on parvient
à le perdre; il n'est pas là pour se
défendre, et l'on peut impunément
le calomnier. Aussi l'on sut profiter
de celle du comte pour tâcher de
le mettre mal dans l'esprit du souverain.

Tandis que les méchans s'agitaient
en tout sens pour causer la ruine
d'un homme vertueux qui depuis

long-temps contribuait à la gloire de la France, autant par sa valeur dans les combats que par sa sagesse dans les conseils du monarque, on cherchait à Noyon à sacrifier la jeune Berthilie.

L'absence de la vigilante Elfride semblait un moyen puissant dont le sénéchal Raymond se flattait de profiter.

Berthilie connaissait enfin la perte qu'elle avait faite dans sa parente. Elle gémissait de son départ; mais elle le croyait volontaire. Elle s'accusait de l'avoir provoqué par sa résistance à ses avis.

Hélas! disait-elle, j'ai mérité mon sort. Entraînée par le fatal attrait du plaisir, je n'ai point aperçu l'abîme qui s'entr'ouvrait sous mes pas; comment faire maintenant pour me garantir de la perfidie du sénéchal?

qui préviendra mou père des dangers qui menacent sa malheureuse
fille?

Bertrude cherchant à la conso-
ler, lui persuada que la généreuse
Elfride ne s'était éloignée d'elle que
pour aller retrouver le comte Archambaud. Bientôt, lui dit-elle,
votre noble père reviendra ; le sénéchal n'aura plus aucune puissance
dans ce château, et nous serons
tous rendus au bonheur.

C'était en vain qu'elle se berçait
de ce chimérique espoir. Plusieurs
années devaient s'écouler pour elle
dans les pleurs les plus douloureux,
auxquels se trouvait joint le repentir.

La jeune infortunée avait vu disparaître en un instant la foule qui
se réunissait au château. Plus de
bals, de tournois.

Un morne silence remplaçait la folle gaîté, et bientôt Bertrude fut instruite que le sénéchal accusait la parente du comte d'avoir causé, dans le château, le plus grand dérangement. Il se vantait, à qui voulait l'entendre, d'avoir contraint Elfride à s'éloigner ; en sorte que bientôt tous les seigneurs des domaines du comte Archambaud ne parlèrent plus que de la légèreté de Berthilie.

On approuva la fermeté du sénéchal, qui veillait avec tant de zèle à la conduite d'une aimable enfant qui lui avait été confiée par un homme dont le nom était révéré, comme devait l'être celui d'un grand guerrier et d'un ministre de Charlemagne.

Voilà donc une jeune personne de quinze ans devenue le sujet de toutes les conversations.

I. 8

La femme dont on parle beaucoup est exposée aux plus grands malheurs ; et lorsqu'elle acquiert trop de célébrité, c'est presque toujours aux dépens de sa réputation.

Tel fut le sort de Berthilie tant que le coupable Raymond se trouva chargé de l'administration des vastes domaines du comte Archambaud.

Son esclavage était extrême. Elle n'avait pas même la liberté de parcourir les jardins sans que l'œil sévère de son coupable tuteur ne surveillât tous ses pas. Elle voulut lui demander compte de cet abus de pouvoir ; mais il lui répondit avec sévérité qu'il suivait en tout les ordres du comte Archambaud.

J'ai su l'avertir de votre conduite. Vous êtes cependant moins coupable que la femme à qui votre père

avait eu la faiblesse de vous confier... — De quel droit vous per-
mettez-vous de trouver à redire à
ma conduite, lorsque c'est vous seul
qui avez voulu que l'on donnât des
fêtes au château? lui répond Berthilie; et si j'y ai trouvé du plaisir,
ma jeunesse n'est-elle pas mon ex-
cuse? Ah! pourquoi n'ai-je pas suivi
les avis de la bonne Elfride? mais
j'instruirai mon père de la tyrannie
que vous exercez maintenant, et je
le supplierai de me réunir à la véritable amie que sa bonté avait placée près de moi depuis plusieurs
années.

Le sénéchal ne lui fit aucune réponse, et la contraignit à rentrer
dans ses appartemens, où elle put
gémir avec Bertrude, et chercher
par quel moyen elles parviendraient
à se délivrer de l'esclavage où elles
étaient réduites.

On ne pouvait sortir de l'intérieur du château sans que le sénéchal n'en eût donné la permission.
Les domestiques avaient ordre de
ne recevoir aucun papier, ou s'ils
en recevaient, de les porter sur-le-
champ à celui qui remplaçait le
comte Archambaud. En conséquen-
ce, les jeunes personnes ne purent
instruire qui que ce fût de leur
cruelle situation.

La conduite de leur tyran était devenue si extraordinaire, qu'elles ne
pouvaient en découvrir les motifs.
Depuis la dernière assemblée, où
Bertrude était certaine qu'Angilbert
s'était trouvé, on n'avait plus revu
au château ni ce seigneur, ni son
écuyer. Berthilie ne croyait point
que le premier pensât encore à elle;
mais elle se persuada que le sénéchal, après l'avoir calomniée dans

ses écrits au comte Archambaud, et
cherché à flétrir sa réputation, pré-
tendrait lui offrir, comme une faveur, le titre de son épouse.

Ma chère maîtresse, lui dit Bertrude, voulez-vous suivre mes avis?
Dans l'excès du malheur qui nous
accable, il ne faut pas perdre courage. Plus je réfléchis, plus je suis
certaine qu'Elfride n'est point allée retrouver le comte en Bavière.
Deux mois se sont écoulés depuis
son départ, et d'après les plaintes
qu'elle aurait dû lui porter et contre le sénéchal et contre vous, votre
noble père serait accouru. Je crains
que votre parente ne soit la victime
d'un complot formé depuis long-
temps. Ainsi, osons chercher à nous
affranchir; prenons toutes nos pré-
cautions pour n'être point contra-
riées dans ce dessein, et nous dé-

couvrirons peut - être un affreux
mystère. En quel lieu irons-nous?
demanda Berthilie. Que pensera-
t-on d'une jeune personne qui abandonne l'asile paternel? Si mon père
arrivait, que dirait-il en ne trouvant
point sa fille? Ah! chère Bertrude,
souffrons l'esclavage, plutôt que
d'augmenter mes torts. — Eh bien,
attendez-vous donc à obéir aux lois
que vous imposera votre tuteur.

. Il ne peut que me tenir enfermée.
— Et moi je vous dis qu'il est capable de vous contraindre à devenir sa femme ou celle d'un autre,
suivant que son intérêt l'exigera.
Ah! depuis bien long-temps je m'a-
perçois que cet hypocrite sénéchal
est l'ennemi de votre père. Hélas!
qui sait si, tandis qu'il cherchait à
vous donner des torts aux yeux des
seigneurs qu'il invitait aux fêtes et

aux tournois, il ne cherchait point à nuire au comte Archambaud, dont on dit qu'il a souvent ambitionné la place?

Tu me fais trembler. Ah! ne me présente point un tableau aussi affligeant. Que je sois malheureuse, mais que mon père conserve la faveur du monarque ; car on dit que sa haine est bien dangereuse.

Comme celle d'un souverain qui peut tout le mal qu'il veut faire. Tenez, je crains pour vous les plus grandes infortunes, si vous n'osez abandonner Noyon. Laissez - moi trouver les moyens d'en sortir. Je me rendrai auprès de monseigneur, qui sans doute nous accuse, et je lui ferai connaître l'infâme conduite du sénéchal.

Comme elle disait ces mots, elle était auprès d'une des croisées de la chambre de sa maîtresse. Elle aperçut un homme qui traversait rapidement une allée du jardin pour gagner le pavillon où résidait sir Raymond. Elle crut reconnaître en lui l'écuyer d'Angilbert, et pensa que le maître n'était pas loin.

Elle ne se trompait point ; l'un et l'autre venaient d'entrer dans le château. Ils arrivaient de la Bavière, où ils avaient été incognito.

Angilbert, muni des instructions que lui avait données le sénéchal, et certain que le monarque ne le regardait plus comme un lâche, s'était présenté à la cour de Charles. Il y avait été reçu non pas avec distinction, mais de cet air d'indifférence qui laisse encore des craintes à celui qui en est l'objet. Aussi Angilbert ne se trouvait-il point à son aise à Salzbourg, où il tremblait

de rencontrer le comte Archambaud.

Il fut au comble de ses vœux lorsqu'il apprit que ce dernier était absent ; il résolut d'en profiter, d'accord avec les parens qu'il avait auprès du roi, pour jeter de la défa-
veur sur le ministre, et vanter partout l'esprit, les talens du sénéchal
Raymond. C'est, disait-il à qui voulait l'entendre, l'homme qu'il faudrait élever au ministère.

Déjà l'on avait répandu le bruit
de la trahison des Austrasiens, à
l'égard de la reine Gerberge et de
son fils. On saluait Charles Ier. du
titre de roi des états de son frère ;
mais on savait aussi que le comte
Archambaud était parti, chargé
d'une mission secrète. On présu-
mait qu'elle avait pour objet d'amé-
liorer le sort de la veuve de Carlo-

I. 9

man ; d'autres prétendaient que le
comte, qui jusqu'alors avait été le
seul conseiller du monarque français, voulait empêcher celui-ci de
réunir l'Austrasie à ses états, déjà
si étendus. On alla plus loin encore,
on assura que le premier ministre
de Charles était amoureux de la
belle veuve.

D'après ces propos répétés dans
les réunions, les bruits de guerre
eurent bientôt lieu ; et comme la
reine d'Austrasie avait trouvé plusieurs défenseurs, et qu'on était
certain qu'il existait déjà une armée
prête à marcher au premier signal,
ce fut le comte Archambaud que
l'on désigna pour la commander.

Le mal qu'on dit d'un homme en
faveur s'accrédite avec rapidité ; et
les rapports, en passant de bouche

en bouche, finissent par devenir convainquans.

On parvint enfin à fixer l'attention du monarque, qui fit mander Angilbert, et obtint de lui qu'il lui répéterait avec franchise tout ce que l'on disait contre le ministre.

Le nouveau courtisan se conduisit avec une adresse perfide. Il fit d'abord l'éloge de celui qu'il voulait perdre, et jeta sur la calomnie les inculpations dirigées contre lui.

Eh quoi ! lui dit Charles, vous, seigneur Angilbert, qui, d'après les preuves que vous avez produites pour l'affaire d'Aquitaine, devez avoir à vous plaindre d'Archambaud, qui vous a accusé d'avoir fui, je vous entends prendre sa défense !
—Ah! mon prince, répond l'hypocrite, j'étais innocent, il peut l'être aussi ; pour condamner un aussi

grand homme, il faut être bien certain de son crime. Il a toute votre confiance, sans doute qu'il la mérite. — Si jamais Archambaud me trompait, je ne mettrais point de bornes à ma vengeance. — Prince ! ces mots terribles sembleraient annoncer que vous n'avez pas la certitude de la sincérité du ministre ; mais il est incapable de manquer à ses devoirs d'homme d'honneur et d'homme d'état. Je suis convaincu qu'il sait immoler ses plus chères affections à la gloire, autant qu'au bonheur de son souverain.

Angilbert se tut, et, regardant Charlemagne, il semblait attendre qu'il lui demandât ce qu'il entendait par *les plus chères affections du ministre;* mais le monarque, pensant aussitôt à Berthilie. — Oui, dit-il, le comte a laissé au château de Noyon sa fille, qu'on dit être charmante, et je dois lui savoir gré d'un tel sacrifice. On assure que cette belle enfant fait l'admiration de la province; je veux qu'elle fasse bientôt celle de la cour de Charlemagne....

Dès que le comte sera de retour de Metz, ajouta le monarque, je lui ferai connaître ma volonté, et j'aime à penser qu'il s'empressera d'y souscrire. Je fais plus, sir Angilbert, je forme un projet. — Prince, quel est-il ? — Il vous sera sans doute agréable de recevoir une épouse de ma main ?— Ah! prince, tant d'honneur !.... — Tout me porte à croire que j'ai eu quelques torts envers vous, lorsqu'on a répandu les bruits injurieux qui ont attaqué votre bravoure; je veux vous prouver que je vous ai rendu mon estime ; et le comte ayant à se reprocher quelque chose à cet égard , je me plais à croire qu'il saisira cette occasion de vous les faire oublier. Je l'attends sous huit jours , et je négocierai en votre faveur. Je souhaite réussir. — Vous réussirez , prince , car vos moindres désirs doivent régler ceux de tous vos fidèles sujets. Ah ! malheur à celui d'entr'eux qui ne sentirait pas combien il est doux de vivre sous vos lois ! — Vous me flattez , Angilbert. — Ce langage est celui de la vérité. Quel mortel fut jamais plus digne de gouverner les Français ! — J'ai juré de les conduire au faîte de la gloire. — Vos armes triomphent de tous côtés. Les nations que vous n'attaquez point se donnent volontairement. Le royaume d'Austrasie va faire partie de vos conquêtes ; mais celle-ci ne coûtera point de sang , à moins qu'il ne

se trouve un chef assez audacieux
pour arrêter le noble élan qui a déterminé les chefs à reconnaître votre souveraineté. — On dit que la
reine a beaucoup de partisans. —
Elle est jeune et belle, mon prince,
et tant de charmes ont bien du pouvoir. Il peut se trouver dans Metz
un homme séduit par l'amour, en-
traîné peut-être par l'ambition. —
Je saurai le forcer à renoncer à ses
prétentions. — Si c'était un Austrasien, je crois bien qu'il serait
promptement soumis ; mais si l'un
des généraux de vos armées venait
à brûler pour la tendre veuve ; alors,
mon prince.... — Achevez, Angilbert ; auriez-vous quelques soup-
çons?—Moi, prince! — Oui, vous ;
songez que mes bienfaits, mon amitié, la main même de Berthilie, pourront être le prix de votre confiance.

Nommez-moi celui de mes guerriers contre qui vous auriez des doutes. — Je n'ose. — Je vous en prie. — Seigneur...— Angilbert, je l'exige.

Le traître feignit encore de vouloir garder le silence. Enfin, enchanté d'être contraint de parler, il avoua, comme malgré lui, que l'on assurait qu'Archambaud adorait la veuve de Carloman ; que c'était à ses conseils qu'était dû l'armement d'une partie des Austrasiens. Mais il sut ajouter, avec une adroite perfidie, qu'il fallait attendre, pour porter un jugement certain, que le comte fût arrivé.

Il quitta le monarque, après avoir jeté dans son ame les traits empoisonnés de la jalousie, et repartit en laissant à sir Renauld, son parent, le soin d'achever ce qu'il venait de

commencer, c'est-à-dire de perdre
le comte Archambaud.

Comme il venait d'obtenir du monarque la promesse d'une place à la
cour pour le sénéchal, il se hâta de
revenir à Noyon, afin de lui apporter cette heureuse nouvelle, et de
lui apprendre ce qu'il lui avait dit
au sujet de Berthilie.

On concevra difficilement comment un homme qui veut épouser
une jeune personne, se décide à
détruire la réputation du père de
celle qu'il aime ; mais on doit se
rappeler qu'Angilbert, sous les ordres d'Archambaud, s'était conduit
comme un lâche, et que celui-ci en
avait porté ses plaintes au monarque. Il était donc bien certain que
jamais le comte ne voudrait lui donner sa fille ; mais s'il réussissait à le
forcer de s'expatrier, Berthilie se

trouvait au pouvoir du sénéchal, et la puissance de Charlemagne remplaçait l'autorité paternelle.

Angilbert arriva donc au château de Noyon, convaincu qu'il lui était possible de triompher bientôt de toutes les difficultés qui semblaient devoir s'opposer à son mariage.

Bertrude, qui d'abord avait douté si c'était réellement l'écuyer d'Angilbert qui venait de traverser une des allées du jardin, en acquit bientôt une douloureuse certitude ; car elle vit arriver le maître enveloppé dans un long manteau, en se dirigeant, de même que son écuyer, du côté du pavillon.

Eh bien, mademoiselle, vous ai-je trompée en vous disant que nous allions être exposées au plus grand danger ? Le sénéchal va sans doute vous contraindre à recevoir son

protégé, à entendre les protestations d'un amour qui vous fait horreur....

O mon Dieu! dit Berthilie, que
devenir? que faire? — Vous abandonner au zèle, au courage de l'a-
mitié; pour vous ce sentiment me
rendra tout possible. D'abord il faut
employer les armes dont le sénéchal
s'est servi, le perdre par une hypocrisie plus adroite que la sienne, et
flatter, par ce moyen, l'amour d'Angilbert. Tâchez de faire disparaître
la méfiance qui règne en ce château
contre vous et contre moi ; et, par
ce moyen, regagnons une liberté
dont je saurai profiter.

Tromper le sénéchal! reprit Berthilie, comment y parvenir? Est-il
un homme plus clairvoyant ?—Re-
posez-vous sur moi de ce soin ; je
ne vous demande que de la con-

fiance. Croyez-en votre fidèle Bertrude ; lorsque deux femmes intelli-
gentes veulent s'entendre , les hommes les plus fins sont , tôt ou tard ,
punis de leur propre perfidie.

Sachez vous conformer à mes
avis : que le seigneur Angilbert soit
votre dupe, c'est tout ce que je vous
demande. Quant à moi, je vous promets de préparer le piège où doit
se prendre le valet.

Oui, ajouta-t-elle, je veux que cet
indigne Robert apprenne, à ses dépens, que mon sexe sait punir un
outrage. Il a cherché, dans un tems,
à me ravir l'amitié de mon cher
Théobald ; je ne lui pardonnerai jamais cette noire méchanceté.

Les liens formés dès l'enfance ac-
quièrent souvent une force irrésis-
tible ; mais il faut, pour cela, que
les plus tendres sentimens d'amitié

viennent les resserrer, et surtout que l'absence n'en détruise point le charme.

Berthilie avait été élevée avec Roger, ce fils adoptif du comte Archambaud. Elle pensait qu'il serait un jour son époux; et d'ailleurs elle savait que telle était l'intention de son père.

Jusqu'à l'instant où Roger partit pour aller rejoindre le monarque en Bavière, cette pensée lui avait fait plaisir. Souvent elle s'en occupait avec sa compagne, et vantait les avantages d'une union formée par l'amitié. Elle croyait y trouver le bonheur; mais tout-à-coup ses idées changèrent, et Roger ne fut plus à ses yeux qu'un frère tendrement aimé, pour qui elle eût bien voulu sacrifier sa fortune seulement; car l'amour venait d'embraser son cœur d'une flamme qui lui semblait devoir être éternelle.

Il y avait déjà près d'une année que son ami était à l'armée, et depuis ce tems il avait écrit plusieurs fois à sa chère Berthilie ; mais une seule lettre était arrivée à son adresse : c'était celle où il annonçait que le monarque l'avait accueilli favorablement.

« Chère sœur, disait-il, tu ne
» peux te former une juste idée de
» la bonté du prince, et des promesses qu'il a daigné me faire. Je
» n'ai encore que dix-huit ans, et
» le monarque me traite comme si
» déjà j'étais un grand guerrier. Je
» ne puis savoir ce qui m'a valu de
» sa part une distinction capable
» même d'exciter la jalousie de mes
» compagnons d'armes.

» Il y avait à peine quinze jours

» que nous étions arrivés en Ba-
» vière , lorsqu'on reçut la nou-
» velle d'une invasion subite des
» Saxons du côté de Ratisbonne,
» l'une des plus grandes villes de la
» Bavière.

» Vitikind , dont la valeur et l'au-
» dace ne le cèdent qu'à la haine
» qu'il porte à Charlemagne, pré-
» tendait s'emparer de la Bavière ;
» et pour y parvenir , il avait com-
» mencé par en attaquer la princi-
» pale ville. Secondé par vingt mille
» Sarrasins , et de plus encouragé
» par quelques-uns des principaux
» chefs de la noblesse bavaroise, il
» était parvenu à se rendre redou-
» table. Déjà plusieurs corps d'ar-
» mées avaient été envoyés sur les
» bords du Danube, pour en chas-
» ser les ennemis ; mais leurs ten-
» tatives n'avaient obtenu que des

» succès balancés par des défaites.

» Le monarque français brûlait
» du noble désir d'aller lui-même
» terrasser cette horde de barbares
» qui portaient partout l'épouvante
» et la mort ; mais une blessure qu'il
» avait reçue à la chasse quelques
» mois auparavant, l'empêcha de
» suivre ses volontés.

» Le comte Archambaud, mon
» généreux protecteur, fut envoyé
» contre Vitikind, avec un renfort
» de quatorze mille hommes ; et le
» roi, pensant que j'étais digne de
» celui que je nommais mon père,
» daigna m'associer à sa gloire.

» O ma chère Berthilie, si tu
» eusses été témoin de ma joie, de
» mes transports, lorsque j'appris
» que j'allais faire mes premières
» armes dans une circonstance qui

» pouvait illustrer mes essais, que
» tu eusses éprouvé de plaisir !

   » Charlemagne me fit venir dans
» son cabinet, où je trouvai ton ver-
» tueux père.

   » Jeune homme, me dit le mo-
» narque avec un attendrissement
» dont le souvenir ne s'effacera ja-
» mais de ma mémoire, tu vas te si-
» gnaler, du moins ton roi l'espère.
» Prends cette épée qui m'a servi
» dans plus de vingt combats, lors-
» que Pépin, mon père, illustra son
» nom, en rendant immortel celui
» des Français. Je n'ai dans ce mo-
» ment qu'un seul regret, c'est celui
» de ne pas me trouver le compa-
» gnon de tes exploits... En pronon-
» çant ces mots le monarque versait
» des larmes. Je pris la main qui me
» présentait l'épée ; je la baisai avec
» transport. Mon cœur battit avec

1.

» force ; il me semblait éprouver
» une émotion que je n'avais jamais
» ressentie. Ah! j'ignore à qui je dois
» le jour ; mais si je connaissais mon
» père, je ne pourrais être plus ému
» en sa présence , que je ne le fus
» devant Charlemagne. Quelques
» mots que dit le comte Archam-
» baud , achevèrent de me trou-
» bler.

Il s'approcha du prince , et je
l'entendis prononcer ces paroles :
« *Je l'ai élevé pour la gloire , il sera*
» *digne de son illustre origine!* Com-
» prends-tu , ma chère sœur, ce que
» cela veut dire ? Quant à moi , je
» me trouve dans une incertitude
» extrême. Ton père connaît donc
» le mien. Je suis un enfant du mys-
» tère. Je n'ai point de nom connu,
» et cependant tout me fait présu-
» mer que ma naissance est illustre ;

» et que des malheurs ont forcé les
» auteurs de mes jours à me confier
» à la générosité du noble comte
» Archambaud.

» Le cœur rempli d'une foule d'i-
» dées ; je quittai le monarque fran-
» çais , bien résolu de tout braver
» pour mériter sa continuelle bien-
» veillance.

» Arrivés près des bords du Da-
» nube , nous livrâmes plusieurs
» combats , qui tous furent à la
» gloire du nom français; et dans la
» dernière affaire , celle qui fit re-
» naître la tranquillité dans la Ba-
» vière, en en expulsant les cruels
» Sarrasins , je fus assez heureux
» pour me trouver à même d'enle-
» ver un drapeau aux ennemis.

» Tandis que je m'efforçais de
» triompher de la valeur d'un des
» officiers de Vitikind , et que j'é-

» tais parvenu à le renverser, le roi
» des Saxons accourut à son se-
» cours, et lui facilita les moyens
» de se relever: mais comme il avait
» reçu une blessure assez considé-
» rable, et qu'il lui semblait impos-
» sible de conserver encore long-
» tems son étendard, Vitikind s'en
» empara. Ce fut alors que ton frè-
» re, ton ami fit des prodiges de
» valeur.

    » Après Charlemagne, je ne crois
» point qu'il y ait au monde un guer-
» rier plus brave et plus courageux
» que le monarque saxon. Vaine-
» ment il lutta et se défendit vigou-
» reusement. J'eus le bonheur de
» l'abattre à mes pieds ; j'arrachai
» le drapeau des bras nerveux de
» de Vitikind, et montant sur le
» coursier du monarque vaincu et
» désarmé, je regagnai le camp

» français au milieu des morts et
» des mourans, dont celui des en-
» nemis était jonché.

» Voilà, chère sœur, mon pre-
» mier exploit, j'en fais hommage
» à ma patrie, à mon souverain, à
» ma belle amie, à celle qu'enfin
» j'aimerai jusqu'au dernier soupir.
» Adieu ; je t'écrirai aussitôt mon
» retour auprès de Charlemagne. »

Cette lettre avait porté la joie
dans l'ame de Berthilie. La valeur
de Roger l'enchantait. Elle était
fière de lui, et se félicitait même de
l'avoir un jour pour époux ; mais à
cette époque elle n'avait point encore aperçu celui de qui devait dé-
pendre et sa félicité et ses malheurs.

Lorsque le sénéchal fit donner au
château de Noyon des fêtes, dont la
fille d'Archambaud était l'héroïne,

plusieurs seigneurs s'y trouvèrent. Parmi eux se présenta le fils du comte de Lusignan.

Rien n'égalait la beauté, la grace, la noblesse de ce jeune homme, âgé de vingt ans, et dejà recommandable par une série de belles actions. Valeur, générosité étaient la devise de son écusson, et cette légende lui était particulière. Il n'était pas un seul des habitans du comté où résidait la famille des Lusignan, qui ne vantât la bienveillance du fils de son noble seigneur.

Instruit qu'il devait y avoir des fêtes à Noyon, il résolut de s'y rendre, et après avoir donné l'ordre de tout préparer afin d'y paraître avec avantage, il arriva pour le dernier tournois. Il triompha par son adresse de tous ses rivaux, et abattit deux fois à ses pieds sir Angilbert, qui n'était point connu ; et après l'avoir contraint deux fois à crier *merci*, il alla auprès de Berthilie recevoir le prix de sa vaillance.

Qui peut rendre l'émotion que la jeune personne éprouva au moment où Lusignan ôta son casque pour recevoir sur son front, couvert de poussière et de sueur, la couronne due au vainqueur?

Berthilie et Lusignan se regardèrent avec une attention extrême. Leurs cœurs battaient vivement. Bientôt l'amour se peignit dans leurs mutuels regards, et sans s'être parlé, ils se jurèrent un attachement éternel.

En couronnant le héros du tournois, la fille d'Archambaud forma des vœux ardens pour son bonheur; et Lusignan lui dit : Madame, je

viens de triompher sous vos yeux ;
le prix que vous daignez m'accorder doit énflammer mon courage.
Je voudrais, pour vous servir, être
exposé aux plus grands périls, afin
de vous donner des preuves d'un
zèle qui doit vous convaincre de
tout l'amour que vous m'avez inspiré. Répondez - moi, Madame,
ajouta-t-il, m'acceptez-vous pour
votre chevalier ?

Pour toute réponse la tremblante
fille détacha sa ceinture et la présenta au vainqueur. Celui-ci la reçut
avec un transport inexprimable ; et
depuis ce moment les couleurs de
Berthilie furent celles du chevalier
Lusignan.

Cette circonstance donna des
craintes au sénéchal. Il pensa qu'il
devait supprimer toutes les fêtes,
et empêcher sa pupille de voir d'au-

tres seigneurs qu'Angilbert. Il crut
même devoir rejeter sur Elfride ,
la parente du comte, toute la dissipation de la jeune personne ; et
comme il redoutait cette vigilante
institutrice, il se persuada qu'en la
faisant tomber dans quelque piége
il se mettrait à même d'éviter tous
les reproches que le comte Archambaud aurait été en droit de lui faire.

D'après toutes les réflexions du
sénéchal, et les conseils d'Angilbert , Elfride fut entraînée , au
moyen d'une ruse perfide, à sortir
un moment de Noyon, pour aller
voir une de ses parentes qu'on lui
avait dit être dangereusement malade, et qui habitait une maison de
campagne à fort peu de distance de
la ville.

Elfride en sortait à peine (c'était
sur le déclin du jour), qu'elle fut

arrêtée par plusieurs hommes postés à dessein dans un sentier couvert d'arbres touffus. On la contraignit à monter sur un cheval, et, au bout de trois heures de marche, toujours au milieu de l'obscurité, elle se trouva devant une petite porte. On l'ouvrit aussitôt.

On la fit descendre de cheval, et sans proférer une seule parole, ses ravisseurs l'introduisirent dans un parc, et de là dans une longue galerie aboutissant à une tour. On la laissa dans un appartement assez vaste, où l'on apporta tout ce qui pouvait lui être nécessaire.

En vain elle conjura ses ravisseurs de la rendre à la liberté. Un d'eux lui dit : Le comte Archambaud veut vous punir du peu de soin que vous avez pris de la conduite, de la réputation de sa fille.

Le comte Archambaud me punir !
reprit - elle. Ignore - t - il donc que
c'est l'indigne sénéchal qui a tout
fait? que je me suis continuellement
opposée aux volontés de cet homme
criminel? Ah! par pitié, ajouta Elfride, donnez-moi les moyens de
me justifier auprès du comte Archambaud ; que je lui fasse connaître combien sir Raymond est coupable. Ah! je tremble que ma chère
Berthilie ne soit bientôt la victime
de l'indigne Angilbert.

Demain, lui dit un de ces hommes, je vous donnerai tout ce qu'il
faut pour écrire, et je vous promets
de faire parvenir votre lettre au
seigneur Archambaud. Le lendemain Elfride eut la possibilité d'é-
crire au comte.

On doit bien penser qu'elle ne
ménagea ni le sénéchal ni Angilbert;

qu'ils furent peints l'un et l'autre
avec les plus noires couleurs, mais
que la lettre ne sortit point du château.

Elfride espérait être bientôt à la
fin de son esclavage. Elle s'attendait à voir arriver le comte Archambaud, ou du moins Théobald, son
écuyer de confiance ; mais les jours,
les semaines, les mois s'écoulèrent
sans que la prisonnière vît un terme
à ses peines.

Toutes les fois qu'on lui appor-
tait les objets dont elle pouvait avoir
besoin, elle interrogeait son gar-
dien. Enfin celui-ci, touché sans
doute par ses larmes, ne put s'empêcher de lui dire : Pauvre femme !
comme on vous trompe ! Expli-
quez-vous, mon ami, je vous en
conjure, reprend vivement la parente d'Archambaud. Ah ! quel que

soit le sort que l'on me réserve, que du moins je le connaisse. A-t-on fait parvenir ma lettre au père de Berthilie ? Quelle réponse a-t-il faite ? Au nom du ciel, parlez-moi franchement.

Eh bien, répond cet homme ; perdez l'espérance de recouvrer votre liberté ; vous êtes au château du seigneur Angilbert. C'est lui, et non le comte, qui vous a fait enlever, car vous étiez un grand obstacle à leurs projets. — Eh ! quels sont-ils ? — D'abord mon maître est amoureux de la jeune personne, et le sénéchal la lui a promise, à condition que celui-ci détruirait la réputation du comte Archambaud dans l'esprit du roi de France, afin que Raymond pût être bientôt ministre. Je crois qu'ils parviendront à leur but. Déjà le sei-

gneur Angilbert est parti pour Salzbourg, où il doit tout entreprendre
afin de réussir auprès de Charlemagne.

Eh quoi! mon ami, vous n'êtes
pas indigné de tant de perfidie? On
veut perdre le comte Archambaud,
sacrifier sa fille au plus vil des hommes... et vous le secondez!....
— Que voulez-vous? il me paye,
ou plutôt il m'a donné une somme
considérable pour le servir. Je suis
incapable de lui voler son argent.
Il faut des procédés, de l'honneur,
et j'ai l'un et l'autre au plus haut
degré.

Elfride vit que l'homme à qui elle
s'adressait était une de ces ames vé-
nales que l'appas de l'or pouvait seul
faire agir. Par malheur elle n'en possédait point, et le drôle qui venait
de lui parler n'était pas susceptible

de se laisser gagner par des promesses. Elle fut donc obligée de dévorer son chagrin, sans aucun espoir de le voir terminer.

Tel était le sort d'une femme dont l'amitié eût été, pour Berthilie, une égide sacrée.

Du milieu de la tour où Angilbert l'avait fait enfermer, elle élevait au ciel des mains suppliantes, et le conjurait de prendre pitié de son sort, et de préserver la fille du comte des malheurs qui semblaient menacer son illustre famille.

CHAPITRE V.

LES souverains qui, dans leur orgueil insensé , se croient des dieux
sur la terre , sont bien plus sujets à
l'erreur que les autres hommes. On
a tant d'intérêt à les tromper , que
la vérité même n'arrive jamais près
du trône sans y être dénaturée. De
là vient qu'ils commettent tant d'in-
justices et font tant de malheureux.

Le comte Archambaud , que la
plus atroce calomnie venait d'attaquer , ne s'attendait point à ce
qu'Angilbert osât jamais reparaître
à la cour de France , après en avoir
été chassé d'une manière aussi hu-

miliante. Cependant, le premier personnage qui s'offrit à ses regards en arrivant en Bavière, fut le seigneur Angilbert, qui, monté sur un coursier magnifique, et suivi de Robert son écuyer, sortait de Salzbourg (1), et passait le grand pont qui conduit directement en France.

Le comte ne fut point reconnu d'Angilbert ; mais il ne savait que penser de son apparition dans un

---

(1) Salzbourg, ville consibérable de la Bavière, capitale de l'Etat bavarois. Il y a un château très-beau et des édifices magnifiques. Il s'y fait un commerce très-grand, surtout en fer cuivré.

St.-Robert a été le premier évêque de Salzbourg. Il y avait dans ce pays l'ordre des chevaliers de St.-Robert ou Rupert, fondé en 1701. Le nombre des chevaliers était de douze. Cette ville a donné naissance à Charlemagne.

pays dont le monarque lui avait défendu d'approcher, du moins tant qu'il y serait.

Je ne puis, disait souvent Charlemagne, respirer le même air que respire un lâche; cela me fait mal. Aussi, la grande punition qu'il infligeait à ceux dont il avait à se plaindre, consistait à les éloigner de sa présence.

Archambaud fut donc étonné, en voyant un homme que le roi méprisait. Il pensa, avec raison, que le fourbe s'était réconcilié aux dépens de quelques personnes dont le mérite était pour lui un reproche continuel; mais il était loin de s'attendre à être l'objet au moyen duquel Angilbert était parvenu à son but, celui de ressaisir les bonnes grâces du souverain.

La négociation entreprise par le

comté, n'avait eu aucun résultat heureux, puisque la veuve de Carloman était décidée à soutenir les droits de ses enfans.

En vain l'envoyé de Charlemagne lui avait montré la profondeur de l'abîme qu'elle allait entr'ouvrir sous ses pas ; elle avait résisté à toutes les représentations, mais avec tant de noblesse et de courage, que le comte s'était vu contraint de la plaindre, de l'admirer.

En effet, cette jeune reine devait inspirer ces deux sentimens. Aussi Archambaud, en se séparant d'elle, lui avait offert une partie de ses domaines pour elle et pour ses fils. Il voulait combattre les Austrasiens, qui prétendaient soutenir la veuve de Carloman : l'honneur français lui en faisait une loi ; mais la douce pitié, ce sentiment sacré que pro-

duit toujours une illustre infortunée , parlait hautement à son cœur
généreux ; et le ministre du monarque guerrier était aussi bien un héros de l'humanité , qu'il l'était de la
gloire.

Il arriva au palais de Charles , où
déjà la foule des courtisans se trouvait, pour assister au lever du monarque.

C'était dans la grande salle qui
précédait le cabinet du prince , que
se formaient tous les projets. Là ,
l'intrigant s'occupait des moyens
de renverser celui dont il convoi-
tait la place : il repassait dans son
esprit les discours qu'il prêterait à
l'homme qu'il voulait détruire ; il
courait ensuite de l'un à l'autre , et
répétait , comme en confidence ,
toutes les calomnies qui devaient
assurer son succès. Ce travail ne

l'empêchait point de s'approcher, avec une apparence de respect, d'amitié, du favori qu'il prétendait faire tomber.

Archambaud traversa la multitude étonnée de sa présence, car on ne l'attendait pas. Il remarqua sur toutes les figures une froideur extraordinaire. Comme il était encore ministre, on lui rendit des hommages; mais ils semblaient être arrachés par la place, plutôt que commandés par l'estime.

Ce changement n'échappa point à ses regards ; cependant il n'en fut pas effrayé. Il connaissait l'amitié du prince, et persuadé qu'il n'avait rien fait pour la perdre, il se hâta d'arriver auprès d'un monarque qui l'avait toujours aimé comme un frère.

Eh bien, lui demanda Charles,

quel est le résultat de votre voyage ?
Parlez promptement, mon cher Archambaud. Puisse votre réponse
confondre vos ennemis, et les contraindre au plus absolu silence !

Il y avait, dans le ton du monarque, quelque chose d'embarrassé
qui lui fit croire que pendant sa
courte absence on avait cherché à
lui enlever l'affection du prince ;
mais bientôt il se rassura, en pensant qu'il n'avait aucun reproche à
se faire, et que la moindre explication suffirait pour lui rendre la
confiance de son roi, en cas que des
propos calomnieux eussent été capables de la lui ravir.

Je voudrais, dit Archambaud au
roi, pouvoir vous annoncer que la
veuve de Carloman a l'intention de
céder à vos propositions ; mais, par
malheur pour ses enfans, elle s'ex-

pose à tous les fléaux de la guerre,
plutôt que de consentir à ce que
vous exigez d'elle. Vous eussiez dû
me faire part du contenu de votre
lettre, qui a excité son indignation,
sa fureur, au point qu'elle l'a jetée
au feu, en me disant, avec cette
noblesse de la vertu outragée par
un soupçon : *Je croyais le ministre
de Charlemagne incapable de se
charger d'un tel message ! Allez,*
a-t-elle ajouté, *allez lui porter ma
réponse, et dites-lui que son action
est aussi indigne d'un roi de France,
qu'elle l'est du frère de l'illustre Carloman.*

Charlemagne demeura un moment comme frappé par la foudre.
Tour-à-tour rouge et pâle de colère,
il ne proférait aucune parole. Enfin
tout-à-coup, et comme s'il fût sorti
d'un songe pénible, il s'écria : Elle

méprise donc mes bienfaits, mon
amitié ; eh bien, elle ressentira ce
que peut l'amant qu'elle outrage.

Eh quoi! lui dit Archambaud en
feignant de ne point savoir le contenu de la lettre, le grand, le noble
fils de Pépin se serait-il oublié au
point de mettre la couronne d'Austrasie au prix de la vertu de sa belle-
sœur ?

Le vainqueur des Maures et des
Saxons est subjugué par une femme
dont il devrait plaindre le sort, respecter les malheurs, et protéger les
enfans! Ah! mon prince, ajouta-t-il
avec cet accent de la vérité, renoncez à ce fatal projet, qui, s'il était
connu, flétrirait une vie que tant de
belles actions ont illustrée.

Ah! sans doute la noble Gerberge
a eu la même pensée que votre fidèle
ministre ; car elle n'a voulu donner

connaissance de votre écrit à qui que ce fût, pas même à son père : elle a voulu qu'on pût encore respecter le frère de son époux et l'oncle de ses enfans.

La fermeté avec laquelle Archambaud parlait au roi, n'était pas ordinaire. Celui-ci en fut courroucé ; et se rappelant tout ce qu'Angilbert venait de lui dire relativement à l'amour prétendu de la reine d'Austrasie et de son ministre, il reprit, avec une ironie qui fut remarquée du comte : Cette belle Gerberge fait bien des malheureux, n'est-il pas vrai, Archambaud ? Cependant, ajouta-t-il, un seul mortel a fixé sans doute son irrésolution. Je pardonne à un de ses sujets de l'aimer, d'avoir même l'ambition de me ravir, s'il le peut, un trône qui vient de m'être offert par les principaux seigneurs

I. 12

de ce royaume ; mais qu'un Français, un de mes officiers, ose brûler pour elle ; qu'il se dispose à défendre aux Austrasiens de se donner à moi ; qu'il fasse plus, qu'il se mette à la tête de ceux qui veulent se révolter, voilà de ces crimes qui demandent une punition exemplaire, une punition qui puisse intimider ceux qui oseraient blâmer la conduite de leur souverain.

Archambaud ne put retenir sa juste indignation en entendant le roi parler ainsi.

Eh quoi! se dit-il intérieurement, qui peut donc avoir causé un tel changement dans l'ame de Charlemagne ? Quel vil flatteur peut le porter à se conduire comme il le fait ? Et serait-ce à son premier ministre que s'adressent en ce jour ces reproches ?

Prince, répondit le comte, j'ignore s'il existe un Français assez coupable pour se battre un jour contre les armées de Charlemagne. Pour l'honneur de ma patrie, je veux croire que cela est impossible. Ah! si votre soupçon était juste, j'avoue que j'appellerais en champ clos le perfide qui trahirait son roi, et là il aurait ma vie ou j'aurais la sienne. Voilà ma profession de foi ; c'est prouver au prince que j'aime autant que l'honneur, que je suis toujours digne de sa confiance.

Eh bien, s'il est vrai qu'Archambaud soit jaloux du bonheur de son maître, qu'il ne contrarie donc point l'inclination qui le porte à tout entreprendre pour posséder celle qu'il adore.

O mon prince, il est donc bien vrai que ce fatal amour existe toujours? Ah! je ne suis plus étonné maintenant de l'exclamation de la princesse d'Austrasie en lisant votre lettre. — Qu'a-t-elle dit? — Ses beaux yeux se sont levés vers le ciel; elle a prononcé ces mots : Mânes augustes de Carloman, ne vous irritez point contre le coupable Charlemagne....

Ce peu de paroles doit vous convaincre de l'inutilité de toutes vos tentatives. Gerberge peut être dépouillée de ses domaines; le royaume de ses fils peut rester en vos mains; la noble reine d'Austrasie sera grande au milieu de ses malheurs; et, si le sort fatal, qui trop souvent est injuste, la fait un jour l'esclave du frère de son époux, j'aime à penser qu'elle rendra sa captivité honorable en faisant plus d'une fois rougir le vainqueur.

L'intérêt que vous prenez aux destinées de la veuve de Carloman, me prouve qu'on ne m'a point trompé, répond le monarque. Vous aimez Gerberge. — Non, prince, je la respecte, je l'admire et la plains, sans ressentir pour elle des sentimens plus tendres ; mais quand sa beauté m'aurait subjugué, quel serait mon crime ? Je ne suis point son beau-frère. Si la reine d'Austrasie m'avait inspiré de l'amour, je pourrais m'y livrer sans crainte, puisque l'impitoyable mort m'a enlevé la première compagne de ma vie, la plus vertueuse des épouses ; mais vous, prince, qui déjà avez répudié plusieurs femmes, qui maintenant possédez dans une princesse accomplie la mère de l'illustre Louis, qui doit un jour vous succéder au trône, quel exemple allez-

vous donner à vos sujets ? Ah ! l'on
dira....

Charlemagne ne lui permit point
de continuer sur un article aussi dé-
licat. Il lui demanda l'état des forces
que la veuve de Carloman croyait
devoir opposer aux troupes françaises.

Archambaud lui fit un récit dé-
taillé de tout ce qu'il savait relativement à la ville de Metz, ainsi
qu'aux partisans de l'infortunée
Gerberge, qu'il ne croyait pas s'é-
lever au-delà de quinze mille hommes, dont le noble Rémiston était
le chef.

Archambaud croyait rendre un
compte exact des forces de la reine ;
mais tandis qu'il était en route pour
retourner en Bavière, le parti con-
traire aux Français s'était augmenté
considérablement, et Metz était sur

le point de voir la guerre civile s'allumer dans ses murs.

Une femme vertueuse, une reine bienfaisante et deux jeunes orphelins qui lui devaient le jour, sont des êtres trop intéressans pour ne pas émouvoir les ames sensibles, et d'ailleurs il n'est rien de plus fragile que l'opinion des hommes; il ne faut qu'un mot pour la faire changer d'objet.

Pendant les premiers jours qui suivirent celui de la mort du monarque austrasien, on avait paru s'éloigner de sa veuve; mais tout-à-coup il se fit un changement marqué. On revint à des principes de justice, et l'on regarda comme un crime d'avoir eu l'intention d'abandonner sa cause. L'armée, sous les ordres du père de l'illustre Gerberge, se trouva bientôt augmentée, et déjà elle était portée à trente mille hommes, lorsque le comte Archambaud arriva en Bavière.

Le rapport qu'il fit à Charlemagne n'était donc point exact; mais on ne pouvait l'en accuser, puisqu'il n'était resté que vingt-quatre heures à Metz, et qu'il ignorait entièrement ce qui s'y passait. Cependant on lui fit, par la suite, un crime de n'avoir point dit la vérité.

Dès que le comte Archambaud fut sorti de la ville, on répandit le bruit qu'il était venu un ambassadeur de Charlemagne; et comme on n'avait point fait connaître le résultat de son message, les partisans de la reine lui envoyèrent une députation respectueuse, et dès lors elle fut obligée d'assembler tous les seigneurs, et de leur dire que Charles

lui ayant fait une proposition indigne d'elle , elle croyait qu'il était
de sa gloire , et plus encore de celle
du peuple de son royaume , de se
défendre contre l'oppression. Elle
avait ajouté : Je ne demande rien
pour moi ; mais je remets entre vos
mains les destinées de mes fils.

Sa douleur et la juste indignation
que ressentait la reine , les pleurs
qu'elle versait , avaient électrisé
tous les seigneurs à qui elle s'était
adressée. Ceux-ci firent passer dans
l'ame des habitans de la ville les sentimens dont ils étaient animés ; et
dans l'espace de moins de vingt-
quatre heures , la moitié de la ville
sut en imposer au parti de Charlemagne , qui se trouva contraint de
garder pendant quelque tems un
morne silence ; car le pouvoir qu'il
avait établi , et qui siégeait dans

l'intérieur du palais, s'était vu forcé d'en sortir.

La ville fut approvisionnée, puis mise en état de défense, et presque tous les citoyens se rangèrent sous les étendards de Gerberge, qui voulut se mettre à la tête de ces guerriers qui avaient juré de la protéger.

Tout ceci s'était passé pendant les jours où le comte Archambaud était en route pour regagner la Bavière. Dès lors il lui avait été impossible de faire connaître à son souverain des choses qui, pour lui, étaient de la plus haute importance.

Comte Archambaud, dit le monarque, je croyais que vous m'étiez sincèrement attaché; cependant on m'assure que vos intentions ne sont point aussi pures qu'elles le paraissent. Je veux vous prouver que ce que l'on a pu me dire ne vous a point enlevé toute ma confiance; et quoique vous blâmiez l'amour que je ressens pour Gerberge, je suis convaincu que vous n'êtes point mon rival, comme on a voulu me le faire entendre.

Vous allez partir avec l'élite de mes troupes ; vous gouvernerez Metz, et ferez exécuter mes lois jusqu'à mon arrivée dans mes nouveaux Etats. Employez tous vos moyens pour ménager le sang de mes sujets, mais surtout songez à vous emparer de la reine et de ses deux fils, et à les faire amener tous les trois à Salzbourg.

Le monarque était très-emporté. On ne pouvait lui résister ouvertement. Ainsi le comte Archambaud se vit contraint de repartir sur-le-champ, de s'exposer à des périls

sans cesse renaissans, et sans avoir
la consolation d'aller même em-
brasser sa fille, dont il ne recevait
aucune espèce de nouvelle, depuis
la lettre que le sénéchal avait écrite
contre Elfride.

Il éprouvait la plus grande inquiétude ; enfin il se décida à se pri-
ver de Théobald, son fidèle écuyer,
pour l'envoyer à Noyon, et y obtenir des renseignemens précis sur
tout ce qui l'intéressait.

~~~~~~

CHAPITRE VI.

———

Le seigneur Angilbert et son écuyer Robert venaient d'arriver au château du comte Archambaud. Bertrude ne s'était point trompée. Au moment où elle en parlait encore, ils en repartirent pour retourner sans doute à Ilsely, à quatre lieues de Noyon, dans le château où la bonne et sensible Elfride était prisonnière depuis près de trois mois.

Comme ils n'étaient restés que fort peu de tems auprès du sénéchal, les jeunes personnes ne surent que

penser de leur prompte dispari-
tion ; mais le lendemain, à l'heure
où l'on allait se mettre à table, sir
Angilbert arriva dans tout l'éclat de
la fortune, et sur un char élégant,
traîné par deux chevaux magnifiques, et suivis de plusieurs valets
montés presque tous sur des mules
richement enharnachées.

Bertrude courut aussitôt prévenir sa maîtresse du nouvel incident
auquel elle était loin de s'attendre.

Berthilie crut prudent de ne point
paraître au salon et lorsqu'on vint
l'avertir que le dîner était prêt, elle
fit dire au sénéchal qu'elle était malade et ne sortirait pas de sa chambre, et qu'on eût à l'y faire servir.

Sir Raymond fut offensé de ce
refus, dont il se croyait le seul motif ; car il pensait que la fille du
comte ignorait que sir Angilbert fût

au château. Piqué de la réponse que Berthilie fit au domestique, il se détermina à se rendre à l'appartement de la fille du comte.

Celle-ci persista à se dire indisposée. Le seigneur Angilbert en fut pour ses frais de toilette et le dérangement de tout son monde ; car il ne put obtenir de voir un seul instant celle dont il se flattait d'être bientôt l'heureux époux.

Le jeune et beau Lusignan fut beaucoup plus heureux que lui.

L'appartement de Berthilie donnait d'un côté sur le jardin, et de l'autre sur la route qui précédait le faubourg de Noyon; le château n'en était pas éloigné.

Comme elle était appuyée sur le balcon, elle voit arriver un cavalier. Il s'arrête, elle regarde ; ses yeux ne trompent point les désirs

de son cœur ; c'est Lusignan qui
s'offre à sa vue.

C'est en vain que le noble jeune
homme a voulu se présenter au
château, qu'il y a demandé le sénéchal ; jamais on n'a voulu l'y recevoir. Il salue la dame de ses pensées,
lui montre qu'il porte toujours l'é-
charpe dont elle a bien voulu ré-
compenser sa valeur, et lui fait
remarquer un papier qu'il semble
désirer lui remettre ; mais comme
il en voit l'impossibilité, il a recours
à un stratagême : il place le papier
dans une petite boîte, et l'enterre
au pied d'un arbre, espérant que
l'on viendra l'y prendre.

Ce fut inutilement que Bertrude
lui fit entendre par signe qu'il leur
était défendu de sortir du château.
Il ne comprit point ce qu'on lui voulait faire savoir, et parut renouve-

ler, en présence du ciel, le serment
de vivre et de mourir fidèle à son
amour; serment que répéta intérieurement la tendre fille du comte
Archambaud.

Pendant que leurs cœurs semblaient voler l'un vers l'autre, et
qu'ils se trouvaient dans un état de
contemplation qui ne laissait rien
apercevoir, si non l'objet aimé, le
sénéchal, qui traversait une des
galeries, fut témoin de tout ce qui
se passait. Il se disposa à sortir du
château, afin d'être à même de s'emparer de la boîte qu'il venait de voir
placer auprès de l'arbre; mais, par
bonheur pour les amans, il arriva
beaucoup trop tard.

Bertrude ne pouvant abandonner
l'appartement de sa maîtresse, eut
recours à l'adresse d'une fille de
service qui avait apporté le dîner.

Bonne Ursule, lui dit-elle, tu peux sortir du château. Veux-tu nous rendre un grand service ?—Ordonnez, j'frons tout ce que vous voudrez. — Tu vois ce gros arbre près duquel est encore un chevalier ?—Oui. — Eh bien, va promptement ; tu lui diras de te donner la boîte qu'il vient de déposer. — J'y cours, Mam'selle. — Si, lorsque tu seras sur la route, le cavalier n'y était plus... — Rassurez-vous, Ursule n'est pas une sotte, et vous aurez dans un moment ce que vous demandez. — Défie-toi du sénéchal. — Ne craignez rien. Il vous rend trop malheureuse, ainsi que la fille de not' bon maître, pour que je ne cherchions pas à l'attraper.

En disant ces mots, elle court avec l'agilité que lui donnaient ses quinze ans, et le désir d'être agréable aux deux jeunes personnes.

Elle sort par une petite porte de
côté, et arrive près de l'arbre. Le
chevalier y est encore. Il retire la
boîte, la lui donne, ainsi que plusieurs pièces d'or pour la récom-
penser de son zèle, obtient d'elle
la promesse de lui apporter la réponse le lendemain à la même heure, et part au galop de son cheval.

Ursule était déjà rentrée auprès
de Berthilie, que le sénéchal n'était
point encore sorti du château. Le
tems qu'il avait mis à descendre des
appartemens et à traverser une longue terrasse pour gagner la grande
porte, avait suffi à la petite Ursule
pour remplir les ordres de Berthilie.

Avec quel plaisir elle accourut
auprès d'elle en tenant dans sa main
la boîte et les pièces d'or! Berthilie,

vivement émue, ouvrit la boîte, qui n'était point pour elle comparable à celle de Pandore. Elle y trouva la lettre la plus respectueuse et la plus tendre. Lusignan se plaignait d'être privé du bonheur de la voir, accusait le sénéchal Raymond, et la prévenait en même tems que le mariage d'Angilbert avec elle n'était plus un mystère.

Il terminait ainsi son épître : S'il est vrai que mon amour vous soit agréable, permettez-moi de tout entreprendre pour faire repentir le protégé du sénéchal de ses ridicules prétentions à votre main. D'après votre réponse, dont dépend tout le bonheur de ma vie, je partirai pour la Bavière ; je préviendrai le comte Archambaud des desseins de votre tuteur ; et s'il ne les approuve point, ce que je me plais à croire, je lui offrirai pour son adorable fille, et ma fortune et ma main. Le noble comte Lusignan, mon père, mettrait au nombre des beaux jours de sa vie celui où il pourrait vous donner le doux nom de sa fille.

Suivaient les protestations d'un amour éternel.

Peindre la joie que ressentit Berthilie, serait impossible. Voilà donc un homme sur la foi de qui il lui sera permis de compter.

Après avoir relu à plusieurs reprises la lettre de celui qui se déclarait son chevalier, elle se mit en devoir d'y répondre.

Tandis qu'elle était occupée d'un travail aussi agréable, Angilbert et le sénéchal faisaient piocher en bas de tous les arbres qui bordaient la route, et c'était Robert qu'ils avaient chargé de cet emploi.

Bertrude se remit à la croisée, et se persuadant avec raison que le chevalier avait été aperçu, elle frémit en pensant que le moyen qu'il avait pris pour établir une correspondance, ne pouvait plus avoir lieu. Elle chercha à se faire remarquer de Robert, lui fit un signal d'amitié et d'étonnement, et l'engagea à se trouver dans une des allées du jardin.

Comme Robert ne comprenait point assez clairement la pantomime de Bertrude, celle-ci écrivit, sur un carré de papier : *Ce soir sur la terrasse, ou dans l'allée des tilleuls ; j'ai à vous parler pour les intérêts de votre maître : confiance, ensuite discrétion*, et le lui jeta.

Robert ramassa le billet, le lut, répondit par signes qu'il se trouverait au rendez-vous ; et après avoir bê-

ché autour de plusieurs arbres qui
étaient en face des croisées de l'appartement des prisonnières, il rentra dans le château, bien persuadé
que le sénéchal avait eu quelques
visions, au moyen desquelles il venait de contraindre l'écuyer d'un
noble seigneur à bêcher la terre
comme un véritable ouvrier.

L'orgueil de sir Robert venait
d'avoir à soutenir un choc assez
cruel.

Lorsque le sénéchal aperçut Lusignan, et qu'il fut bien certain que
celui-ci venait de déposer quelque
chose au pied d'un arbre, il alla
trouver le seigneur Angilbert, et
lui raconta ce qu'il savait, ajoutant:
Je vois d'ici la place où l'on vient
de cacher les secrets de l'amour. Il
faut aller nous en emparer. Venez
avec moi, Robert, dit-il à l'écuyer;

dites au jardinier de vous donner une bêche.

Il était assez douloureux pour Robert, qui se trouvait fort bien à table, d'être contraint d'en sortir pour faire l'office d'un manœuvre.

Le sénéchal était resté un moment près de lui; mais, impatienté de son peu de succès dans ses recherches, il était retourné au château, en laissant Robert piochant, pestant, jurant, et déjà fort courroucé de l'esclavage où sir Raymond réduisait la jeune Berthilie.

Comme le billet qui venait de lui être jeté par la charmante Bertrude, avait réveillé en lui des sentimens d'un amour mal éteint, il désirait voir arriver la fin de la journée; et lorsque son maître voulut l'envoyer à la ville, pour y trouver le chevalier Lusignan, il lui dit : Ma foi, je

crois que le sénéchal nous abuse.
Je suis persuadé qu'il n'est venu
devant les croisées du château ni
chevalier, ni troubadour; c'est un
fou que le sénéchal : il nous a déjà
fait faire de grandes sottises.

Robert, reprit vivement Angilbert, vous êtes bien hardi de parler
avec tant d'audace d'un homme que
j'honore de mon amitié! — Vous
pouvez l'aimer tant qu'il vous plaira;
quant à moi, je vous promets que je
le hais de toute mon ame. — Que
t'a-t-il fait? — Ce qu'il m'a fait!
Comment! depuis que vous avez
eu le malheur de lier connaissance
avec lui, nous n'avons pas eu un
seul moment de repos. L'amour
et l'ambition ont joliment dérangé
votre cervelle.— Que veux-tu dire?
— Eh bien, que nous sommes, depuis quelques mois, semblables à

I. 14

de véritables juifs errans, toujours debout, toujours en route. — Je veux réussir dans mon projet ; l'amour et l'orgueil y sont intéressés. — Eh bien, l'un et l'autre échoueront.

Il allait sans doute continuer ses remontrances à son maître, lorsque le sénéchal rentra dans la salle. Eh bien, Robert, as-tu trouvé quelque chose ? — Eh que diable vouliez-vous que je trouvasse, puisqu'il n'y avait rien ?—Je suis certain d'avoir vu un chevalier. — Quel était-il ? demanda Angilbert. — Je présume que c'était le fils du comte de Lusignan.— Quoi! cet homme que j'abhorre oserait encore me disputer la main de celle que j'aime ! — Si j'étais à votre place, reprit le sénéchal, j'irais le trouver ; et là, les armes à la main...—Ah! gardez-

vous-en bien, dit Robert : ne vous
souvient-il plus de ce fameux tournois, où deux fois de suite il vous
a terrassé et forcé, pour couronner
l'œuvre, à crier *merci* devant une
foule de seigneurs qui, grace à mon
zèle pour votre honneur, ne vous
ont pas connu ? Allons, mon cher
maître, croyez-en votre fidèle Robert, renoncez à vouloir posséder
une femme malgré elle, et rendez à
la liberté cette pauvre Elfride, qui
depuis près de deux mois est enfermée dans votre château.

Le sénéchal était furieux en entendant Robert parler ainsi. — Ah !
dit l'écuyer, rassurez-vous, je puis
dire au seigneur Angilbert tout ce
que je pense pour son intérêt ; mais
je suis incapable de le trahir et
d'aller indiscrètement apprendre à

qui que ce soit, que c'est vous qui l'entraînez dans de coupables démarches, afin de perdre le comte Archambaud, dont vous ambitionnez la place de ministre. Je ne dirai pas non plus que la main de Berthilie sera le prix de tout le mal que mon maître pourra causer au père de la jeune personne. Ah! vous conviendrez au moins que c'est une jolie façon pour entrer dans une famille, que de chercher à en déshonorer le chef! Mais comme je ne suis qu'un subalterne, je ne fais qu'obéir, et jamais Robert ne sera assez lâche pour oser dénoncer son maître.

En prononçant ces mots, il s'aperçut que l'heure à laquelle il devait parler à Bertrude était sur le point de sonner. Il sortit de la salle, gagna le jardin, l'allée des tilleuls, et ne la trouva point. Alors, se rappelant qu'elle lui avait parlé de la grande galerie, il s'y rendit avec le plus vif empressement.

~~~~~~

CHAPITRE VII.

LE comte Archambaud et Roger
son fils adoptif, venaient de partir
pour Metz, afin d'y détrôner une
jeune reine que ses malheurs rendaient chère à tous les cœurs sensibles. Le comte blâmait la conduite
du roi de France, mais cependant
il lui obéissait ; et s'apercevant que
quelques officiers se permettaient
de vouloir raisonner sur cette nouvelle guerre, il leur imposa silence,
en leur disant : Tout soldat qui dis-
cute, n'est plus à mes yeux qu'un
sujet révolté, qui peut tôt ou tard

tourner ses armes contre sa patrie. Vous êtes Français, votre souverain vous commande, vous devez marcher droit au but qui vous est assigné, sans vous occuper des causes qui font agir le roi. Quel que soit le résultat de la guerre, le militaire français qui aura fidèlement rempli ses devoirs, n'en sera pas moins comblé de gloire aux yeux de la postérité.

Les troupes que conduisait Archambaud étaient dignes de leur chef. Elles arrivèrent devant Metz, qui se trouvait en état de siége, et furent contraintes à camper pendant quelques jours, avant que le général ne prît un parti décisif; ce qu'il ne put faire sans consulter Charlemagne, qui s'était réservé le droit de lui envoyer d'autres instructions.

Ce fut Roger qui partit pour donner au roi l'état exact des forces de l'armée de Gerberge. Il ne ressemblait point à celui qui avait déterminé Charles à ne faire mettre en campagne que quatorze mille hommes.

Le roi, déjà prévenu par les calomnies dirigées contre le ministre, pensa voir en lui un traître qui s'était vendu aux Austrasiens, et qui brûlait pour la veuve de Carloman.

Il se décida donc à se rendre de suite à l'armée, combla Roger de marques de bienveillance, et lui dit: Retourne près d'Archambaud ; je vais lui faire conduire un renfort qui secondera ses intentions.

Mon cher Roger, le comte t'a tenu lieu de père ; mais le sort des armes, les évènemens politiques, peuvent te ravir cet appui de ton enfance ; sois sans inquiétude, Charlemagne jure, par Dieu et la victoire, qu'il t'aimera avec la plus vive tendresse. Songe que ta fidélité m'est due comme à ton père, comme à ton souverain, et que désormais tu ne me quitteras que le moins qu'il me sera possible.

Écoute-moi avec la plus grande attention, ajouta le monarque : je vais te confier un secret important, d'où dépend mon bonheur.

Roger, le cœur palpitant de joie, se persuade que le roi va lui faire connaître qu'il est son père. Le soupçon que le jeune homme avait depuis quelques mois, allait donc enfin s'éclaircir.

Hélas ! se disait-il, si ce monarque, que tant de motifs doivent me rendre cher, était l'auteur de mon existence, combien je serais heureux ! Fils de Charlemagne, je vou-

drais lui ressembler un jour, et mériter de voir mon nom gravé près
du sien au temple de mémoire.

Mon ami, dit le roi, après un
moment de silence, tu vas te rendre
sur les bords de la Moselle, où sont
les troupes que j'ai confiées au comte
Archambaud. Tu lui annonceras
l'arrivée d'un corps de vingt mille
hommes. Je serai parmi eux. Tu
dois seul en être instruit. Voici mes
ordres pour le général; je serai témoin de sa fidélité à les faire exécuter.

Eh quoi! reprit Roger en trem-
blant, mon bienfaiteur serait-il donc
assez malheureux pour ne plus être
en possession de la confiance de
son auguste souverain?

Je le crains, répondit le roi; mais
tu ne partageras point sa disgrace.
Mon cher Roger ne peut être vaincu

par la même passion qui, dit-on, subjugue le comte Archambaud. Je puis me dire, avec un sentiment de fierté bien digne d'un père..... (il ajouta d'un père adoptif).: Ce jeune héros ne connaît de passion que la gloire, de devoir qu'une fidélité à toute épreuve. Il saurait sacrifier sa vie plutôt que son honneur. Il pensera que ma présence à l'armée doit être un mystère pour tout le monde, et qu'il devra me rendre compte des démarches, des discours et des actions du général Archambaud. — Adieu, Roger, pars de suite, et n'oublie point que Charles t'aime tendrement.

Le monarque rentra ensuite dans son cabinet, sans laisser au malheureux le tems de lui exprimer toute l'horreur que lui inspirait la seule pensée d'être obligé d'épier la con-

duite de son général, et de remplir
le rôle d'un vil dénonciateur. Non,
se dit-il ; non, le roi ne peut et ne
doit point employer son pouvoir à
faire commettre une action aussi
lâche. Vertueux Archambaud, ajouta-t-il en lui-même, si je ne puis te
rendre compte des intentions du
monarque à ton égard, je ne serai
point ton délateur. Insensé! que
dis je ! Comment ne pas me perdre
dans une circonstance où tout semble se réunir pour m'accabler?...

En effet, la situation de Roger
était affreuse. Fils adoptif d'Archambaud, se flattant de l'espoir
d'être un jour l'époux de Berthilie,
il part pour l'armée, contribue à la
victoire de Ratisbonne, dont on
chasse et les Maures et les Saxons,
a l'honneur, à dix-huit ans, de
triompher de Witikind, et de lui en-

lever un drapeau et ses armes, reçoit ensuite une couronne de chêne des mains de Charlemagne ; et le même souverain qui lui a fait décerner le prix du courage et de la vaillance, prétend le réduire à l'infâme métier de dénonciateur, et faire de lui en même tems un lâche et un ingrat.

La douleur qu'éprouve le noble jeune homme ne peut se dépeindre. Il remonte à cheval, suivi de quelques écuyers. Son air affligé, le morne silence qu'il garde avec eux les affecte vivement. L'un d'eux lui en demande la cause. Un soupir fut toute sa réponse ; et pendant toute la route, il montra une agitation d'esprit qui paraissait devoir faire craindre que ce charmant jeune homme n'eût réellement la tête égarée.

Il arriva au camp devant Metz,

au milieu de la nuit. Tout y était tranquille.

Les troupes de la reine étant plus nombreuses que celles qu'Archambaud avait sous ses ordres, celui-ci s'était bien gardé de tenter le siége de la place, et d'exposer ainsi les Français à une perte certaine. Le père de Gerberge, qui commandait la garnison de Metz, ignorant les forces de l'armée de Charlemagne, était décidé à se tenir sur la défensive, en cas que l'on vînt à l'attaquer.

Déjà huit jours s'étaient écoulés depuis l'arrivée d'Archambaud devant Metz. Il s'était interdit toute espèce de communication avec les officiers austrasiens, quoiqu'il eût pu le faire sans crime, puisque les hostilités ne devaient avoir lieu que quinze jours plus tard ; les assiégés et les assiégeans s'étaient donné mutuellement des otages, qui seraient rendus vingt-quatre heures avant l'époque où l'on devait commencer à se battre.

Le comte Rémiston fit proposer une conférence au général français; mais celui-ci refusa, en faisant observer qu'il attendait les ordres de Charlemagne, et ne pouvait entrer en pourparler sans en avoir obtenu la permission.

Au bout de quelques jours Roger arriva, et lui remit les papiers que le monarque lui avait confiés.

Le comte y trouva l'ordre d'attaquer le surlendemain, dès la pointe du jour, après avoir sommé la ville de se rendre.

« Général, écrivait le monarque, on vous a étrangement trompé en vous parlant des forces des Austrasiens ; mais il va vous arriver un renfort considérable. Le vaillant Godefroid se trouvera à la tête de mon armée, et ce sera lui qui vous transmettra les ordres relatifs au siége de Metz. Je veux que vous vous entendiez avec lui pour ménager les habitans, surtout s'ils vous livrent la reine et ses fils. »

Grand Dieu ! dit avec emportement le comte Archambaud, quel indigne génie est donc venu s'emparer du meilleur des princes, du plus grand des guerriers ? Comment se peut-il que Charlemagne s'oublie jusqu'à mettre la vie des citoyens de Metz au prix de la trahison qu'il exige d'eux ?

Livrer une reine, une femme, une mère ! Ah ! malheur mille fois à celui qui en aurait la pensée ! Les habitans de Metz sauront se défen-

dre ; mais je suis certain qu'il n'en
est pas un d'eux qui voulût s'avilir
au point de livrer la veuve de Carloman à un frère dont elle connaît
les odieux projets.

Tandis qu'Archambaud était ainsi
occupé, Roger se trouvait présent;
mais il semblait accablé de douleur
plus encore que de fatigue, et ne
prononçait pas une seule parole.

Cependant, comme il entendit
son père adoptif parler très-haut,
il lui dit : Cher comte, on pourrait
vous entendre. — Eh ! que m'importe, quand je dis la vérité. —
Vous avez peut-être près d'ici des
hommes mal intentionnés, qui, jaloux de l'amitié que vous porte le
monarque, chercheront à vous la
faire perdre. — Si cela arrivait, mon
cher Roger, répondit le comte, je
supporterais ce chagrin sans pou-

voir me dire : je l'ai mérité. Depuis
que j'existe, tous les instans de ma
vie ont été consacrés à Dieu, à ma
patrie, à mon roi. Ah ! cher fils, si
je crains une disgrâce, ce n'est que
pour toi que je tremble ; toi, jeune
infortuné, qui n'as pas le bonheur
de connaître d'autre famille que la
mienne. Je suis enchaîné par un serment, et jamais je ne pourrai te
dire : Voilà ton père.

Vous pouvez du moins m'apprendre s'il existe encore, reprit Roger,
si je puis penser aussi que ma mère...
— Ta mère !.... O mon ami, elle a
été bien malheureuse. Elle a cessé
de vivre au moment où tu as vu le
jour. — Elle n'est plus ? — Non,
Roger, non, et ma main a fermé ses
yeux. Mais, ajouta le comte, quit-
tons un sujet aussi triste, et parle-
moi de Charlemagne ; que t'a-t-il

dit ? — Fort peu de chose. — Comment se peut-il que sir Gödefroid me remplace dans le commandement ? — Je ne puis le savoir. O mon père ! vous avez de grands ennemis, et les souverains sont tous injustes lorsqu'ils sont assez faibles pour souffrir près du trône cette multitude de flatteurs qui sans cesse prodiguant la louange et répandant la calomnie, ressemblent à un essaim de bourdons qui dévorent le miel qu'ont produit de diligentes abeilles. Ah ! que ne sommes-nous dans un climat lointain, inconnu à l'intrigue, à la perversité ! votre respectueux fils ne s'occuperait que des moyens de vous rendre heureux, ainsi que ma sœur chérie.

Hélas ! elle a peut-être oublié déjà le compagnon de son enfance, l'ami que son cœur avait choisi. Depuis que j'ai quitté Noyon, je lui ai écrit plus de dix fois, et mes lettres sont restées sans réponses. Ah! si Théobald n'arrive pas bientôt, je ne sais si j'aurai le courage de rester encore long-tems à l'armée. Il est si cruel de trembler continuellement pour les destinées de celle qui nous est chère; car, n'en doutez point, la fuite de la bonne Elfride nous présage quelque catastrophe dont votre fille sera la victime.

Cet Angilbert, ce lâche, la honte de la noblesse française, est trop bien avec le sénéchal, pour ne pas avoir de mauvais desseins dont vous ressentez déjà les effets.

Eh, quoi! tu accuserais sir Raymond! — Je n'ai point attendu jusqu'à ce jour pour vous exprimer ce que je pensais sur son compte; mais votre amitié pour lui... ah! pardon, si je me permets cette remarque.

Le seigneur Archambaud n'eut pas le tems de lui répondre. On battit un rappel. Tout le camp fut bientôt sur pied, et l'on vint annoncer au général que les renforts promis par le monarque seraient sur les rives de la Moselle avant le coucher du soleil.

Roger et le comte Archambaud firent faire à la troupe campée toutes les dispositions qui leur semblaient exigibles pour recevoir Godefroid, officier recommandable par son mérite militaire.

Archambaud crut devoir envoyer Roger et plusieurs officiers au-devant de celui que Charles semblait avoir environné de toute sa confiance. Il oublia même, pour un moment, que le roi venait de lui faire un outrage cruel en lui enlevant,

sans motif, un commandement dont
sa valeur et ses succès multipliés le
rendaient toujours digne ; et tout à
la gloire de son pays, il promit intérieurement de s econder Godefroid.

C'est ainsi que doit se conduire
un homme d'honneur. Sa cause n'est
rien, celle de l'état est tout pour sa
grande ame ; et lorsqu'il s'agit de
de combattre, il ne voit que la victoire, à laquelle il aspire ; à la tête
des soldats ou dans leur rang, il
est toujours le même , toujours
Français , et sait obéir comme il
aurait su commander.

Godefroid, arrivé à l'extrémité du
camp , fit préparer à lui et à son
secrétaire une tente dont personne
n'eut le droit d'approcher, sinon
Roger , qui était l'intermédiaire au

moyen duquel les ordres arrivaient au comte Archambaud.

Le jour qui précéda celui de l'attaque de la ville, le nouveau général passa toute l'armée en revue, s'entretint ensuite pendant quelques heures avec le comte, et lui parla de la résolution formée par le monarque de n'épargner Metz que si la reine était livrée avec ses fils. Vous allez, ajouta Godefroid, vous présenter devant la place, pour la sommer de souscrire aux propositions du roi de France. Déjà vous avez fait une tentative ; elle n'a point été heureuse, et Charles vous accuse même d'avoir excité les Austrasiens à se révolter. Je me suis empressé de prendre votre défense; et la démarche que je vous ordonne de faire en ce moment est une preuve de mon estime.

Vous partirez dans deux heures ; mon secrétaire vous accompagnera pendant votre séjour à Metz ; je garderai Roger près de moi. Demandez à la reine un entretien particulier ; faites-lui pressentir les maux incalculables que sa résistance va causer à son pays. Dites-lui que les ordres de mon souverain seront exécutés sans aucune modification; enfin tâchez de la déterminer à se fier à la foi du frère de son époux.

Le comte Archambaud, chargé d'une mission des plus délicates, mais ne prévoyant pas qu'on eût l'intention d'éprouver sa fidélité, se disposa à partir accompagné du secrétaire de Godefroid, ou du moins de celui qui en prenait le nom.

Il s'était trouvé à plusieurs batailles avec ce guerrier, et notamment à celle où Roger avait eu la gloire de triompher de Vitikind. Il avait été témoin de la valeur de Richard, surnommé le Balafré.

Les causes qui lui avaient fait donner ce nom, étaient des plus glorieuses pour lui ; mais il avait eu la figure tellement mutilée, qu'il était effrayant, et portait toujours depuis ce tems-là un masque de fer.

La taille de cet officier était haute et bien prise, sa démarche noble et imposante ; son costume de guerrier était sombre, et sur ses armes on voyait une rose renversée qu'entouraient des fleurs de pensée, symbole d'une véritable douleur.

Sir Richard avait éprouvé de grands chagrins, et plus d'une fois, au fort du combat, il avait cherché la mort, comme un terme à ses longues infortunes.

I. 16

Le comte Archambaüd quitta le camp, et arriva près des portes de Metz deux heures après le lever du soleil. Il fut annoncé au gouverneur de la ville, et ensuite introduit, en observant à son égard toutes les formalités d'usage dans les villes de guerre.

~~~~~~

CHAPITRE VIII.

BERTRUDE se promenait sur la terrasse, en attendant Robert, qu'elle était bien décidée à tromper le mieux qu'il lui serait possible.

Pour y réussir, il fallait qu'elle s'efforçât d'avoir pour lui des sentimens bien opposés à ceux qu'elle lui avait témoignés; car elle l'avait traité plusieurs fois avec le plus insultant mépris.

Dès qu'elle le vit approcher, elle lui dit avec un air assez amical: Mon dieu, Robert, vous vous faites bien attendre; j'ai tant de choses à vous apprendre.

Parlez, ma divine, lui répond l'écuyer. — Auparavant, dites-moi ce que vous cherchiez aux pieds des arbres; depuis une heure au moins vous bêchez. — J'en suis d'une colère... — Sans doute quelqu'avare avait caché là son trésor, et vous en avait fait la confidence? — Non, morbleu! non; le sénéchal s'est persuadé qu'un jeune homme était venu sur la route, qu'il tenait un papier, et que ne pouvant le donner à la fille du comte Archambaud, il avait pris le parti de le placer près d'un arbre.

Ah! reprit vivement Bertrude, le sénéchal n'en fait jamais d'autres. Je crois réellement qu'il perd la tête. Il a des visions qui à chaque instant nous causent les plus vives alarmes. — Bath! vous m'étonnez. — Je vous parle franchement; mais

revenons à vous, sir Robert; allez-
vous retourner bientôt à Salzbourg?
— Retourner, dites-vous? — Oui;
je sais que vous en arrivez. — Qui
vous l'a dit, puisque vous ne sortez
point? — Eh, mon cher Robert, le
sénéchal, sans le vouloir, nous ap-
prend tout ce qui se passe. C'est lui
qui m'a informée du sort d'Elfride.
— Quoi! vous savez où il l'a fait conduire? — Dès le lendemain il m'en
a instruite. — Il est donc absolument fou? — Je suis la caution du
dérangement de sa cervelle. Il vous
causera autant de mal qu'à nous; si
j'en éprouve de la peine, mon cher
Robert, c'est pour vous. Quant au
seigneur Angilbert . . . . .

Eh bien, achevez, Bertrude. —
Quels que soient les torts que vous
avez eus envers moi, je les oublie;
mais votre maître, je ne lui pardon-

nerai jamais son air de fierté, de
mépris. Il ne sait donc pas qu'une
suivante adroite dispose à son gré
du cœur de sa maîtresse? S'il avait
montré plus d'égards pour moi, il
serait peut-être déjà l'époux de la
charmante Berthilie; mais non, il
s'est ligué avec le sénéchal, l'a secondé pour perdre Elfride, qu'il a
osé accuser auprès du comte Archambaud. — Qui donc vous a dit
tout cela? serait-ce le beau Théobald? — Depuis six mois vous savez bien que je ne l'ai pas vu. — Il
a pu vous écrire. — Les ordres de
sir Raymond ont empêché les lettres d'arriver jusqu'à nous ; et peut-
être étiez-vous chargé vous-même
de les intercepter. Ah! Robert,
ajouta Bertrude avec cet air senti-
mental qu'une femme sait si bien
prendre, si vous étiez plus sincère,

et que vous m'aimassiez véritable-
ment, vous me diriez quelles sont
les intentions du seigneur Angilbert.
Du moins il me serait possible de le
servir auprès de Berthilie.

Puis-je croire à ce que vous me
dites? demanda l'écuyer. — Vous
ai-je prouvé que je susse trahir la
vérité? — Non; mais il y a quelques
mois que vous me traitiez avec une
rigueur.... — Je vous voyais ligué
avec l'ennemi de ma jeune maîtresse;
le coupable sénéchal n'a l'air d'aimer
votre maître que pour arriver à la
place de ministre, dont il paraît
avoir la plus grande envie. — Il est
vrai qu'il a fait faire au seigneur Angilbert beaucoup de démarches auprès du roi, et que celui-ci lui a
rendu une partie de la faveur dont
il jouissait à la cour; et Dieu sait s'il
la mérite par sa valeur. — Ecoutez-

moi bien attentivement, mon cher Robert. — Votre cher Robert, Bertrude! serais-je assez heureux pour être aimé de vous? — Je ne suis pas éloignée de vous avouer tout ce que je pense à cet égard ; mais il me faudrait une garantie. — Qu'exigez-vous de ma tendresse ? — Que vous rendiez à la liberté une femme qui ne mérite pas le sort affreux que lui fait éprouver le sénéchal; car je suis loin d'accuser votre maître, qui se trouve maintenant la dupe des artifices de sir Raymond. — Mais en me conduisant ainsi , je perdrai peut-être une bonne place. — Je saurai vous en faire obtenir une autre. — Ah! Bertrude, si je suis certain de votre amour, si je puis me persuader que Théobald ne possède plus votre cœur.....

En prononçant ces mots il tenait

les mains de Bertrude, qui lui répondit : Que la bonne Elfride soit libre, et je ne mettrai point de bornes à ma reconnaissance ; mais j'entends marcher sur la terrasse. Séparons - nous ; demain, à la même heure, je tâcherai de me trouver ici, et vous me direz ce que vous aurez décidé au sujet de tout ce que je viens de vous demander.

Robert baisa la main de Bertrude, et s'éloigna en protestant de la servir et de l'aimer toute sa vie.

Bertrude avait à peine fait trente pas, qu'elle se sentit arrêter par le bras ; mais la personne qui se trouvait près d'elle, ne lui dit que ce peu de mots : Perfide, on n'a donc point trompé le comte sur les désordres de sa maison. L'infidèle Bertrude a oublié Théobald, pour l'écuyer du seigneur Angilbert.

I.   17

Ah! Théobald, c'est toi, reprend vivement la jeune personne! Où est ton maître? est-il arrivé, ou vient-il à notre secours? Parle, je t'en supplie.

Avant peu vous aurez de ses nouvelles, répond l'écuyer d'Archambaud. J'en sais maintenant assez. Croyez que je lui rendrai un compte exact. Aussitôt il s'éloigna, en laissant Bertrude comme anéantie.

Elle demeura quelques minutes fixée à sa place... Eh quoi! se dit-elle, c'est Théobald qui ose me parler ainsi! Il me soupçonne d'avoir trahi la foi jurée! Il ignore donc, l'ingrat, que je n'ai supporté son absence qu'avec l'espoir de le voir un jour mon époux? Ah! les hommes...

Elle rentra dans les appartemens. Le sénéchal en était sorti, ainsi

qu'Angilbert. En peu d'instans elle
se trouva auprès de la fille du comte.

Celle-ci répondait au chevalier
Lusignan ; mais par une prudence
dont elle eut un jour lieu de s'applaudir , sa lettre était adressée au
père du jeune homme. Elle s'exprimait en ces termes :

» « L'aveu que m'a fait le seigneur
» Lusignan ne peut m'être agréable
» qu'autant qu'il aura l'assentiment
» du noble comte son père.

» Séparée du mien , privée de la
» sage amie qu'il avait daigné me
» donner pour diriger mes actions,
» je suis au pouvoir d'un homme
» qui me réduit au plus horrible es-
» clavage, afin de favoriser les cou-
» pables desseins du seigneur An-
» gibert.

» Au nom du ciel et des senti-
» mens que je parais avoir inspiré

» au chevalier, prévenez le comte
» Archambaud de la cruelle situa-
» tion où sa fatale confiance dans
» le sénéchal a réduit sa fille infor-
» tunée. Qu'il se hâte de venir bri-
» ser ses fers. Ah! les maux de Ber-
» thilie sont à leur comble ! »

Elle traçait cette phrase lorsque Bertrude vint se jeter sur un
siége avec l'air du plus grand acca-
blement, au point qu'elle effraya la
fille du comte.

Eh bien, qu'as-tu donc, ma chère?
Quel trouble! quel effroi! dit Berthilie.— Je viens de voir Théobald,
de lui parler. — O bonheur! sans
doute mon père arrive.— Je l'ignore ; mais l'indigne Théobald! avec
quelle impudence il m'a parlé! Ah!
tout conspire contre vous, ma chère
maîtresse. Je ne sais s'il s'est aperçu
qu'un instant auparavant j'étais avec

Robert. — Cela est possible. Alors
la jalousie l'aura porté à te traiter
ainsi. Je vais aller trouver le sénéchal, et lui demander les lettres
que mon père a dû lui envoyer pour
moi....

Le sénéchal et le seigneur Angilbert ne sont point dans les appartemens. J'ai questionné Ursule, elle
m'a dit qu'ils étaient sortis du château avant que la nuit fût entièrement close.

Ils seront allés au-devant du comte, afin de lui donner de sa fille les
idées les plus défavorables. Les barbares! que leur ai-je donc fait?

Je suis certain, reprend Bertrude, que votre père n'est pas homme
à quitter la cour de Charlemagne au
moment où la guerre vient d'être
déclarée. On l'a trompé sur tout ce
qui s'est passé, et Théobald est en-

voyé par lui pour prendre des in-
formations. Ah! si je puis mettre
Robert dans mes intérêts, soit en
lui promettant une somme considérable, soit en lui donnant l'assu-
rance d'être mon époux, je le ferai
partir pour Salzbourg, muni de lettres de votre part; mais il faut auparavant que j'obtienne de lui la liberté de la bonne Elfride. — Eh
quoi! tu aurais de ses nouvelles?—
Oui, elle est prisonnière.— En quel
endroit? que je puisse voler à son
secours.... Insensée que je suis!
j'oublie que la plus horrible captivité me retient dans le château du
noble comte Archambaud.

Eh bien, votre amie, que le plus
tendre intérêt attachait à vous plus
encore que le titre de parente, est
enfermée par les ordres du sénéchal; et je suis assurée qu'elle est

dans le château de sir Angilbert.
Tout ce que m'a dit son écuyer me
le prouve. — Comment l'en faire
sortir ? — Par le moyen de Robert,
si je parviens à gagner sa confiance.
Mais, hélas! pourrai-je lui parler encore, ou le faire sans en avoir prévenu Théobald ? Ah! les hommes
sont injustes, méfians, jaloux. Jaloux! c'est, dit-on, une preuve d'a-
mour; et Théobald m'aura entendue,
lorsque j'étais avec Robert, surtout
au moment où ce dernier a eu l'audace de me prendre la main et de la
baiser avec force.

Oh! oui, voilà la cause de la colère de Théobald. Demain, dès le
matin, je veux tâcher de lui prouver
qu'il s'abuse, et que je ne cherche
à gagner la confiance de Robert
qu'afin de connaître les odieux pro-

jets du sénéchal, et ceux du seigneur Angilbert.

En effet, le lendemain, le jour commençait à poindre, quand Bertrude alla dans la salle où elle pensait que Théobald devait passer pour se rendre à l'appartement de sir Raymond; mais une des filles de service, la petite Ursule, lui apprit que l'écuyer était reparti pendant la nuit.

Nous sommes perdues! se dit-elle; plus d'espoir d'échapper aux perfidies du sénéchal, si Robert ne parvient à favoriser ma sortie de ce château.

O ma pauvre maîtresse, on a juré votre perte et la mienne!

Berthilie, à son lever, s'attendait à recevoir quelques bonnes nouvelles; car elle se persuadait que

Bertrude trouverait facilement les moyens de se justifier auprès de son amant, et dès-lors il serait certain que le comte Archambaud reconnaîtrait qu'on l'avait trompé par de faux rapports. Mais, hélas! cette douce illusion qui l'avait bercée un moment, s'évanouit dès qu'elle entendit sa compagne lui annoncer le départ de Théobald.

Ne vous alarmez pas, ma chère maîtresse, dit aussitôt Bertrude. Eh bien, si Robert ne veut point seconder mon zèle pour sauver la noble fille du comte Archambaud, il vous reste l'espoir d'intéresser toujours le chevalier de Lusignan. Ce soir Ursule lui portera la lettre que vous adressez au comte son père : vous l'avez achevée? — Oui ; lis-là, et dis-moi franchement comment tu la trouves.

Bertrude obéit ; et lorsqu'elle en eut achevé la lecture, elle dit : C'est très bien, parfaitement bien.— Cependant elle ne me plaît pas autant qu'elle me plaisait hier.— Pourquoi? — Je la trouve faible.— Qu'entendez-vous par-là ? — Eh bien, mon amie, je trouve qu'elle n'exprime point toute la tendresse que je ressens pour le chevalier. — Ah! gardez-vous bien d'ajouter un seul mot; les hommes sont si vains, si fiers, quand ils se persuadent qu'on les aime!— Avec ce raisonnement, tu me ferais croire qu'il n'en est point qui mérite notre amour.— Pardonnez-moi ; mais il me semble qu'il faut les bien connaître pour avouer ce qu'on ressent pour eux. Attendez qu'il vous ait prouvé son zèle, en instruisant le comte Archambaud de tous vos malheurs. Il s'est déclaré votre chevalier, il porte vos couleurs; mais cela ne doit pas vous éblouir. Il faut que, par de nobles actions, il mérite un jour toute votre tendresse.

Berthilie consentit, mais avec quelque peine, à laisser partir la lettre telle qu'elle était; et Bertrude dicta elle-même l'adresse :

« Au chevalier de Lusignan : la
» dame de ses pensées exige, au
» nom de l'honneur, que le sceau
» de cette lettre ne soit brisé qu'en
» présence du noble comte de Lu-
» signan. »

A l'heure indiquée par l'amant de Berthilie, Ursule se trouva près de l'arbre où déjà celui ci était arrivé.

Il prit la lettre, la posa sur son cœur, et la porta à ses lèvres. Il allait en rompre le cachet, lorsqu'Ursule

lui dit: Arrêtez, chevalier; ma maîtresse vous ordonne de lire ce qui
est écrit à la suscription.

Lusignan s'arrêta, leva les yeux
du côté de l'appartement de Berthilie, et lui fit entendre, par sa
pantomime, qu'elle serait obéie.

La fille du comte Archambaud ne
put considérer long-tems le chevalier, qui lui promettait de tout entreprendre pour elle. On vint lui
dire que le sénéchal la demandait,
et qu'il avait des choses très-impor-
tantes à lui communiquer de la part
de son père.

Elle salua Lusignan, et s'éloigna
de la croisée avec toute la rapidité
que peuvent donner la piété filiale
et le désir de voir mettre un terme
au plus affreux esclavage.

CHAPITRE IX.

La veuve de Carloman se croyant bien certaine de la fidélité de toute la garnison de Metz, avait le consolant espoir de conserver à son fils un trône auquel elle n'était attachée que pour l'amour de lui.

Cet intéressant enfant était le seul objet sur lequel se reposaient toutes ses affections. La mort lui avait enlevé son second fils, et cet instant cruel pour le cœur d'une mère avait renouvelé toutes ses douleurs.

Après la perte de son époux, celle du petit Clodomir avait failli causer son trépas ; mais le jeune Carloman semblait lui ordonner de vivre.

O mon dieu ! répétait-elle souvent, prends pitié de la plus tendre mère; accorde-lui la grace de triompher des ennemis de son fils ; et lorsqu'il sera proclamé roi, environne-le de sages gouv rneurs, de ministres intègres et de sujets fidèles, et réunis ensuite Gerberge à l'époux qu'elle n'a jamais cessé d'adorer !

Les nobles sentimens dont cette reine était animée, lui faisaient supporter tout ce que les apprêts de la guerre pouvaient avoir d'effrayant pour une femme.

Le comte Rémiston soutenait son courage et celui des soldats, dont il ranimait l'espérance. Il faisait passer dans leur ame le noble feu qui brûlait la sienne. Son saint

enthousiasme entraînait dans son
parti ces jeunes et nobles guerriers
qui ne voyent que la gloire , mais
qui bien souvent n'ont pas assez de
prudence pour prévoir les évènemens , et trop peu de docilité pour
se soumettre aveuglément aux ordres donnés par le chef.

Toute la bouillante jeunesse de
Metz et des environs s'était réunie
sous les étendards de la reine Gerberge. Son titre , ses malheurs , sa
qualité de femme , et surtout sa
beauté , lui donnaient autant de
chevaliers prêts à mourir pour sa
cause , qu'elle pouvait compter de
soldats. Aussi , lorsque le comte
Rémiston faisait assembler ses troupes pour les passer en revue , ce
qui arrivait presque tous les jours
sur la magnifique place Coislin , la
ville entière retentissait des cris

mille fois répétés *vivent la reine et son fils!* Mais qui peut rendre les transports de ces jeunes guerriers à l'aspect de leur souveraine ? Leur enthousiasme allait jusqu'au délire, et la haine qu'ils portaient à Charlemagne ne pouvait être égalée que par leur attachement à la mémoire de leur prince, et la fidélité qu'ils avaient jurée à sa veuve.

Tant de dévouement et de courage devait faire croire à des succès ; mais, hélas! le sort ne récompense pas toujours la valeur, surtout quand elle n'est point accompagnée de la prudence.

Le père de Gerberge avait sous son commandement environ trente mille hommes ; c'était beaucoup dans une ville parfaitement approvisionnée, et défendue par de hautes murailles et par une citadelle for-

midable ; et si la trahison ne s'en fût
point mêlée, Charles eût pu en rester long-tems au désir infructueux
de la victoire.

Son armée était aussi forte que
celle de Gerberge ; mais sa situation était devenue fort incommode
et même dangereuse.

Pendant quelques jours, des pluies
continuelles lui avaient fait craindre
d'être obligé de lever son camp,
car la Moselle était sur le point de
se déborder ; et lorsqu'il y arriva
sous le costume du secrétaire de
Godefroid, il pensa qu'il était prudent de presser la place de se rendre, et ce fut à cet effet qu'il envoya le comte Archambaud en par-
lementaire.

Comme il désirait voir la veuve
de Carloman, et que déjà la plus
affreuse jalousie lui faisait trouver

I. 18

dans son ministre un rival dangereux, il prétendit s'assurer par lui-
même de la vérité des faits.

Tous deux arrivèrent aux portes
de Metz. On les fit entrer, et après
avoir attendu quelques instans que
le conseil militaire fût réuni dans la
salle du trône, ils y furent intro-
duits.

En ce moment la reine n'était
point encore arrivée. Le comte Rémiston voulut connaître les motifs
de l'ambassade ; mais Archambaud
lui dit : Le général Godefroid, qui
commande le camp français, m'a
communiqué les ordres du roi mon
maître, et les papiers dont je suis
en ce moment possesseur ne peuvent être lus qu'en présence de la
veuve de Carloman.

On fut obligé d'attendre l'arrivée
de la reine. Le comte Rémiston alla

la prévenir; mais en passant devant celui qui accompagnait Archambaud, il lui dit : Au moment où la souveraine entrera dans la salle, vous en sortirez; vous ne devez point être présent à nos délibérations.

Charlemagne (car c'était lui qui se faisait passer pour le secrétaire de Godefroid) n'avait point prévu cet incident. Sa fierté faillit le trahir; mais tout à coup il pensa qu'il lui était possible de résister à cet ordre, et répondit au comte, mais trop bas pour être entendu d'Archambaud : Le souverain des Français m'honore de sa confiance, et pour vous en donner une preuve non équivoque, voici ses tablettes qu'il m'a données en le quittant. C'est donc par ses ordres que je suis attaché à tous les pas du comte Archambaud.

Rémiston se laissa persuader par une preuve aussi convaincante, et le faux secrétaire resta dans la salle du conseil.

La reine entra, suivie de ses principaux officiers et conduite par son père, et alla de suite se placer sur le trône. Un moment après on lui amena le prince.

Rien ne peut approcher de l'émotion que Charles éprouva à la vue de sa belle-sœur. Ce n'était plus un roi puissant, un guerrier magnanime, un héros à qui rien ne paraissait devoir résister, c'était l'amant le plus tendre. En ce moment de faiblesse pour un grand homme, il eût sans doute abandonné toutes ses conquêtes pour celle du cœur

de Gerberge. Il fut sur le point de
se faire connaître, et d'annoncer au
conseil que la paix allait être con-
clue entre les Austrasiens et les
Français ; mais se rappelant aussitôt le mépris avec lequel elle avait
reçu, quelques semaines auparavant, l'aveu de son amour, il sentit
renaître toute sa fierté, et pour
un instant le désir de la vengeance
l'emporta dans son cœur sur la tendresse qui venait de l'amener dans
les murs de Metz. Si la vue de Gerberge avait fait palpiter son cœur,
celle du petit Carloman produisit
un tout autre effet. Il pensa que si
cet illustre enfant occupait le trône
d'Austrasie, il pourrait un jour at-
tenter à la puissance du royaume
de France ; et d'ailleurs il lui semblait si glorieux de conquérir, que

l'ambition fit taire l'amour, et reprit dès-lors tous ses droits.

Le comte Archambaud présenta au ministre de la reine les nouvelles propositions que faisait Charlemagne. Il offrait une pension considérable à la veuve de Carloman, avec la permission de retourner dans les domaines du comte Rémiston, son père, et s'engageait à élever lui-même le jeune Carloman à la cour de France.

Ces propositions furent généralement refusées par le conseil.

Eh quoi ! madame, dit Archambaud avec ce touchant intérêt que la beauté inspire toujours à un noble Français, se peut-il que vous refusiez de céder au desir de mon souverain, dont vous connaissez toute la puissance ?

L'armée campée devant cette

place peut être doublée quand il le voudra. La force triomphera de vos phalanges guerrières, dont je ne puis blâmer la généreuse audace ; mais, hélas ! il m'est impossible de vous déguiser l'exacte vérité. Je vous la dois, madame ; en homme d'honneur, il m'importe de vous la dire.

C'est demain que l'on doit attaquer la ville, et c'est demain peut-être que vous tomberez au pouvoir d'un vainqueur irrité des refus qu'on lui fait. Ah ! pensez qu'il sera terrible dans sa vengeance. Voyez l'abîme qui est entr'ouvert sous vos pas ; le premier choc peut vous y précipiter.

Allez dire à votre maître que la reine d'Austrasie préfère la mort à l'esclavage. — Madame, vous serez libre, Charles en a donné sa parole. Il tiendra ses sermens. — Je refuse ses bienfaits, et ne veux plus m'occuper que des intérêts de mon fils. Il est né sur le trône, il doit y mourir. Oui, ajouta la princesse avec une noble énergie, je puis, s'il le faut, abandonner un royaume dont Carloman a fait le bonheur ; je me condamnerai même à ne jamais abandonner les domaines du comte Rémiston mon père, si celui-ci est nommé régent du royaume pendant la minorité de mon fils. Allez, comte Archambaud, dites à votre maître que la veuve de l'illustre Carloman veut bien consentir à descendre du trône ; mais ce n'est qu'à son fils qu'elle prétend céder sa place. Servez-vous de l'ascendant que vous avez sur l'esprit du souverain, pour le faire renoncer à l'usurpation de l'Austrasie. Dites-lui que son peu de respect pour la mémoire de Carloman, et même pour celle du roi Pépin, qui lui avait abandonné cet héritage, ne restera pas impuni, et que le ciel prendra pitié de la veuve et de l'orphelin s'il ne reconnaît la justice de ma cause.

Le comte Archambaud était ému jusqu'aux larmes. Sa voix était tremblante ; il ne put articuler que faiblement des phrases qui peignaient la vivacité de sa douleur.

Madame, dit-il: c'est avec regret que je me vois forcé de retourner au camp français sans avoir à porter de réponse satisfaisante pour le général qui m'a envoyé vers vous ; mais, hélas ! je ne puis vous exprimer toute ma douleur. Vous ne voulez point (et votre conseil pense comme vous) laisser Charlemagne occuper vos états, et demain vous ne les posséderez plus. Vous craignez

I. 19

le vainqueur, et vous allez être sa prisonnière. Ce peu de mots, madame, doit vous faire redouter les plus grandes infortunes. Ah! si le roi de France pensait comme moi... Adieu, madame ; je vais combattre pour la gloire de mon souverain ; mais si le sort des armes trahit le courage des Austrasiens, si leur reine se voit obligée de céder à la force des armes de mon maître, abandonnez-vous à ma foi; confiez-moi le prince votre fils, et je jure, foi d'officier français, d'adoucir la rigueur de votre sort, sans, pour cela, trahir les intérêts de Charlemagne ; pour la gloire de qui je voudrais pouvoir répandre jusqu'à la dernière goutte de mon sang.

Archambaud quitta la chambre du conseil dans un attendrissement qui réveilla de nouveau la jalousie dans le cœur du monarque français.

Ah! pourquoi faut-il qu'un héros, un preux que rien n'étonne, soit assez faible pour céder à une passion funeste !

Un souverain, plus que les autres hommes, doit savoir se vaincre. Tous les regards sont attachés sur lui. Ses actions sont comptées et pesées par ses sujets. Malheur à lui si elles ne sont pas dignes du rang illustre où le hasard de la naissance l'a placé. La plus petite faiblesse peut compromettre sa gloire, et lui enlever les respects et l'amour des peuples que le ciel à confiés à ses soins.

Charlemagne rentra au camp, et fut témoin de la joie qu'éprouvaient les soldats en pensant que le lendemain on devait attaquer la ville. Un danger imminent les menaçait ; il n'était pas du nombre de ceux que le courage peut braver ; il n'eût point effrayé des Français ; mais la Moselle venait de se déborder sur plusieurs points , et déjà des tentes se trouvaient exposées à l'inondation.

Le camp fut levé de suite, et l'on se rapprocha des murs de la ville.

Le général Godefroid passa la nuit avec son secrétaire, sans qu'Archambaud fût consulté sur aucune des opérations relatives au siége de la place ; il en éprouva une vive douleur ; mais pensant que les ordres du roi faisaient agir Godefroid , il attendit patiemment qu'on lui traçât la marche qu'il avait à suivre.

Ce qui l'affligea le plus dans ce moment, ce fut l'absence de Roger. Il demanda où il était ; on lui répondit qu'il ne devait pas quitter Godefroid, et que le secrétaire de ce général devait lui servir d'écuyer.

Eh quoi! se dit-il intérieurement, ceux qui ont osé me calomnier auprès du monarque, au point de me faire perdre sa confiance, sont donc parvenus à m'enlever l'amitié, la tendresse de cet intéressant jeune homme! Est-ce donc là tout le fruit que je devais retirer de mes soins?

Ah! Charlemagne, si c'est vous qui m'avez ravi le cœur de votre fils, de cet enfant qui me doit ses talens, ses vertus et sa valeur, je suis le plus malheureux des hommes, et vous le plus ingrat des souverains.

FIN DU TOME PREMIER.